MESMO A NOITE SEM LUAR TEM LUA
CRÔNICAS DE LOURENÇO DIAFÉRIA

ORGANIZAÇÃO E APRESENTAÇÃO
RONIWALTER JATOBÁ

Copyright © Lourenço Diaféria
Copyright desta edição © Boitempo Editorial, 2008

Coordenação editorial	Ivana Jinkings
Editores	Ana Paula Castellani João Alexandre Peschanski
Assistente editorial	Vivian Miwa Matsushita
Organização e apresentação	Roniwalter Jatobá
Revisão de texto	Sandra Brazil José Muniz Jr.
Diagramação	Raquel Sallaberry Brião
Capa	Entrelinha Design sobre foto de Cristiano Mascaro, "Av. São João – 1986"
Produção gráfica	Marcel Iha

CIP-BRASIL. CATALOGAÇÃO-NA-FONTE
SINDICATO NACIONAL DOS EDITORES DE LIVROS, RJ

D526m

Diaféria, Lourenço
Mesmo a noite sem luar tem lua : crônicas de Lourenço
Diaféria / Lourenço Diaféria ; [organização e apresentação
Roniwalter Jatobá]. - São Paulo : Boitempo, 2008.

ISBN 978-85-7559-106-2

1. Crônica brasileira. I. Jatobá, Roniwalter. II. Título.

07-4511.   CDD: 869.98
                                            CDU: 821.134.3(81)-8

Todos os direitos reservados. Nenhuma parte
deste livro pode ser utilizada ou reproduzida sem
a expressa autorização da editora.

1ª edição: janeiro de 2008

BOITEMPO EDITORIAL
Jinkings Editores Associados Ltda.
Rua Euclides de Andrade, 27   Perdizes
05030-030   São Paulo   SP
Tel./fax: (11) 3875-7250 / 3872-6869
editor@boitempoeditorial.com.br
www.boitempoeditorial.com.br

Sumário

Apresentação – O cronista do nosso tempo
Roniwalter Jatobá 9

A CIDADE E SEUS ARREDORES

Na base do agrião – I 15
Na base do agrião – II 18
Na base do agrião – III 20
E agora, também abalo sísmico 23
Macaquinhos me mordam 26
Os vivos às vezes somem 29
Na Conde de Sarzedas, um posto de vida ou morte 32
Tal e qual não é um cromo de folhinha 35
Os perigos da manga e da corda bamba 38
Aqui, quase uma matéria sobre moda. De inverno 41
Quem malha será malhado, diz o povo 44
Fala, ó Freguesia do Ó 48
A cidade, para quem gosta de fazer perguntas 51
Malogrado inferninho na torre 54
Os que matam ou morrem a golpes de gilete 57
Esses especialistas em calamidades 60
Provado: o que atrapalha o pedestre é o carro 64
Como enche a famosa lei do jeitinho! 67
Quando um poste é marco, âncora, emoção, monumento 70

GENTES DA METRÓPOLE

Receita de prefeito 75
O que é um cacique 78
Desse jeito tua mãe não agüenta 80
Considerações mais ou menos impertinentes 83

O homem da oitava vez 86

Do mau exemplo das avós 89

De como Tonico voador entrou bem 92

Na lista das cassações, o macarrão da *mamma!* 96

A. C., o homem que subiu em cima da azeitona 99

Manuel, uma das esperanças desta cidade 103

Preto, surdo, mudo. *Parla, farabutto!* 106

Episódio com papagaio de estimação 109

Em terra de cego quem tem tomate é rei 113

E como dói! 116

Reles inventário do ofício 120

A cidade perdeu o bom ladrão. Restam os outros 123

Uma borboleta não é uma mariposa 127

Indiscrição sobre o falecido Ringo 130

Já não se fazem pais como antigamente 133

O mistério da borboleta 135

Herói. Morto. Nós 138

FUTEBOL E OUTRAS GRAÇAS

Apenas um minuto de silêncio 143

Vejam, é nossa bandeira desfraldada 146

À cata de camundongos e ratazanas 149

A loteca clandestina. Um sinal? 151

Um estádio para o povão 154

Yes, nós temos Pelé 157

No futebol, o melhor ataque é dos cambistas 160

Apresentamos: "Nem só de pão morre o homem!" 163

Título que daria a isto: o filé de ouro 167

Sem inhapa é que ninguém vai ficar 171

Coisas de bichos, mas sem compromisso 175

Protesto (em termos) por não termos 178

Fantasias para quem não as tem 181

PAISAGEM COM NATUREZA VIVA

Primeiro relatório sobre Ofélia 187

Uma balconista da rua Direita 190

Como conheci Carlitos 193

Um caso de certa gravidez 196

Pequena fábula 199

Então, no ônibus 959, aquele gesto 203

A galáxia feminina 206

Todos os homens são iguais. Perante a gripe 209

Cautela, um remédio segundo a bula 212

Outra fábula (muito antiga) 216

Paisagem com natureza viva 219

Quando você abastecer o carro, exija o chorinho 222

Em defesa da dentadura do metrô 225

É proibido conversar com os assaltantes 228

Uma arapuca no tribunal 232

É bom começar pela carceragem 235

Os tempos não estão para trombone 238

Em nome do progresso e das galinhas 241

Mãe: suspensas as encomendas 244

Sobre o autor e o organizador 247

APRESENTAÇÃO
O cronista do nosso tempo

A primeira vez que li um texto de Lourenço Diaféria foi no número 8 da revista literária paulistana *Escrita*, de maio de 1976, quando esta publicou os cinco autores premiados pelo então prestigiadíssimo Concurso Nacional de Contos do Paraná. Lembro que o conto tinha o estranho título de "Como se fosse um boi", mas, embora nos remetesse ao mundo rural, trazia as perambulações de um anônimo marginal pelos labirintos da cidade de São Paulo. Fiquei fascinado com o estilo do autor, sutil observador das coisas miúdas e graúdas nos desvãos da metrópole. A partir daí, tornei-me leitor assíduo de suas crônicas no jornal *Folha de S.Paulo*.

Lourenço Diaféria nasceu no bairro paulistano do Brás em 28 de agosto de 1933. Filho de um italiano libertário, que, segundo ele, "nunca usou relógio de pulso e que só me bateu uma vez e depois chorou", e de uma mãe portuguesa, mulher de fibra, que batia nele de tamanco, "mas que nunca esteve ausente quando eu precisei", viveu sua infância frente a frente às paisagens dos subúrbios da Central do Brasil. Adolescente, o pai queria que fosse estudar Direito, mas ele sempre quis ser jornalista e cursou a Faculdade Cásper Líbero e a Escola de Comunicações e Artes da Universidade de São Paulo (cursos que não chegou a acabar) e teve os empregos de correspondente comercial e fiel de cartório antes de ingressar na *Folha de S.Paulo* como preparador de textos por meio de um concurso público. A carreira de cronista no jornal, no entanto, só começou em 1964, quando a direção da redação gostou de suas divagações em torno de como festejar o São João dentro de um dos minúsculos apartamentos que infestavam a cidade. Do período, duas memoráveis lembranças. Uma boa: a gratidão ao jornalista Hélio Pompeu, secretário de redação na época, que o fez reescrever dez vezes uma matéria de dez linhas, quando entrou na *Folha*, como processo de aprendizagem. Outra ruim: em setembro de 1977, os militares não gostaram da crônica "Herói. Morto. Nós" (publicada nesta coletânea), sobre um sargento do Exército que havia pulado no fosso das ararinhas, no zoológico municipal, a fim de salvar um garoto de catorze anos das presas dos roedores; o menino é salvo, mas o sargento morre. O texto era uma homenagem ao sargento, herói na batalha campal cotidiana, mas referia-se também à estátua do Duque de Caxias, no centro paulistano, em cujo pedestal se aninhavam garotos de rua. Eram os anos verdeoliva de Ernesto Geisel (1974-1979), de mais um generalpresidente no poder, e, por isso, Lourenço Diaféria foi preso pela Polícia Federal e enquadrado na Lei de Segurança Nacional. A história mostra que a direção do jornal não agiu de forma digna, mas o autor, felizmente, foi absolvido pelo Supremo. Mais tarde, Diaféria lembraria que o episódio foi um oceano que passou em sua vida. "Prejudicou-me em algumas coisas e ajudou-me em outras", disse. "Eu me senti melhor, porque a pior coisa de quem tem uma coluna de jornal é ter ímpetos e se autocensurar."

A crônica tem, no Brasil, uma tradição respeitável que vem do Portugal de Eça de Queiroz e Ramalho Ortigão e esplende entre nós com nomes como Machado de Assis, Rubem Braga, Carlos Drummond de Andrade, José Carlos Oliveira, Paulo Mendes Campos e, mais recentemente, Luis Fernando Verissimo, para ficarmos apenas em alguns exemplos. Mas o que é a crônica? "Até se poderia dizer que em vários aspectos é um gênero brasileiro, pela naturalidade com que se aclimatou aqui e pela originalidade com que aqui se desenvolveu", ensina o crítico Antonio Candido em "A vida ao rés-do-chão". "Creio que a fórmula moderna, na qual entram um fato miúdo e um toque humorístico, com o seu *quantum satis* de poesia, representa o amadurecimento e o encontro mais puro da crônica consigo mesma." E mais: "Em lugar de oferecer um cenário excelso, numa revoada de adjetivos e períodos candentes, pega o miúdo e mostra nele uma grandeza, uma beleza ou uma singularidade insuspeitadas"[1].

Lourenço Diaféria, sem dúvida, é um bom exemplo desse jeito brasileiríssimo de fazer crônica. Segundo o próprio autor, a crônica revela ao distinto público que, atrás do botão eletrônico, existe um baixinho resfriado e de nariz pingando, que assoa e vocifera.

> A crônica serve para mostrar o outro lado de tudo – dos palanques, das torres, de eclipses, das enchentes, dos barracos, do poder e da majestade. Ela não consta no periódico por condescendência. A crônica é a lágrima, o sorriso, o aceno, a emoção, o berro, que não tem estrutura para se infiltrar como notícia, reportagem, editorial, comentário ou anúncio publicitário no jornal. E, contudo, é um pouco de tudo isso.[2]

Segundo Jorge de Sá, em *A crônica*, Lourenço Diaféria tem um olhar sempre otimista.

> Consciente de que sua função é prestar atenção ao banal, ele vai costurando retalhos de informações até transformá-los em um relato verossímil, estruturado de acordo com as leis da coerência do texto, as peças ajustadas como num quebra-cabeça. Diaféria vai cumprindo o exercício da crônica como um testemunho do nosso tempo, contando as tragicomédias diárias, fazendo o leitor recuperar seu senso crítico enquanto se diverte, alcançando o que está além da banalidade.[3]

---

[1] Antonio Candido, "A vida ao rés-do-chão" em A. Candido et al., *A crônica: o gênero, sua fixação e suas transformações no Brasil* (Campinas, Unicamp, 1992), p. 15.

[2] Lourenço Diaféria, *Depoimento – Escritor Brasileiro 1981* (São Paulo, Secretaria Municipal de Cultura, 1981).

[3] Jorge de Sá, *A crônica* (São Paulo, Ática, 2002, coleção Princípios), p. 39.

Este livro traz uma seleção de crônicas que Lourenço Diaféria escreveu na *Folha de S.Paulo*, sobretudo no caderno *Ilustrada*, entre 1973 e 1977*. Por elas passa o talentoso e múltiplo Diaféria, que um dia observa uma cobradora de ônibus ajudar uma mãe a trocar a roupa de seu bebê e, no outro, manda uma carta ao general de plantão avisando que algo cheira mal nos porões da ditadura militar. E, nessa multiplicidade de olhares, o autor torna-se, como diz Jorge de Sá, testemunho do nosso tempo, e o leitor termina a leitura sentindo-se mais próximo do homem, dos outros homens, enriquecido em sua consciência e emoção.

Roniwalter Jatobá

---

* A data de publicação de cada crônica está ao fim de cada texto. Apesar de nossos esforços, não foi possível localizar a data das crônicas "Primeiro relatório sobre Ofélia" e "Um caso de certa gravidez". Agradecemos ao leitor que nos fornecer a informação para que possamos acrescentá-la em futuras edições desta obra. (N. E.)

A CIDADE
E SEUS ARREDORES

Na base do agrião – I

Meus fiéis assessores vêm alertando para que eu fale alguma coisa sobre a primavera. O Horacio Neves, por exemplo, até me encomendou uma reportagem porque não acha justo deixar passar em negras nuvens uma estação tão gentil e, todavia, cada vez menos badalada.

Faço o que posso, mas onde acharei uma primavera que sirva de figurino, com estas maluquices de tempo instável e sujeito a chuvas, trovoadas e coisas ainda piores? Não se fazem mais primaveras como antigamente. E a estação, que já foi dos namorados, agora é dos bombeiros com seus barcos salva-vidas e dos guarda-chuvas. Tem tanta enchente por aí!

Mas no domingo, quem diria, descubro no Ibirapuera um amplo tapete amarelo de pequenas flores, cujo nome nem sequer conheço, e que amenizam o aspecto hierático do Mausoléu do Soldado Constitucionalista. Sim, essas florzinhas nos garantem que vivemos mais uma primavera. E parecem tão alegres e alvoroçadas, que não duvido estejam trocando fofocas e contando lá suas novidades.

Porque, caríssimos irmãos, as flores falam. E não somente as flores, que são ornamentos privilegiados, como também todo tipo de plantas e árvores. Ocorre que a linguagem dessas criaturas é, por sua natureza hermética e discreta, só franqueada aos iniciados.

Tenho aqui sobre minha mesa um glossário, ou dicionário tecnológico se preferirem, que põe às claras o mistério dessa simbologia, a que não estão alheios nem o abacate nem o pepino, ao lado do sândalo e da rosa almiscarada.

Examinando detidamente os diferentes significados e intenções das plantinhas miúdas e mesmo das de maior porte, é fácil chegar à conclusão de que a convivência e o relacionamento entre as pessoas só tenderia a beneficiar-se com o intercâmbio especificamente floral ou genericamente botânico, que evitaria mal-entendidos, ressentimentos, vãs especulações, qüiproquós, conclusões apressadas e desgastes pessoais.

As flores, mesmo quando não dizem o que delas esperamos, sempre ficam bem num vasinho de cristal e servem para atenuar eventuais decepções dos espíritos que sonham com o impossível.

Em política, por exemplo, e mesmo nos negócios, onde o segredo, o sigilo e a reserva andam de braços dados com as expectativas, as sondagens e os prognósticos, as mensagens podem ser codificadas com vantagem dentro de um estilo ou esquema primaveril ou sazonal.

Avalio como seja difícil driblar, sem ferir ou amargurar, as pretensões da legião de candidatos aos cargos de mando e aos postos de comando, que por mais que se multipliquem nunca chegam perto do manancial de ofertas de capacidade. Como oferecer-se em holocausto e como recusar ou aceitar a oferta da mão-de-obra, sem parecer cara-de-pau?

A botânica resolve.

O candidato afobado enviará uma folha de anajá a quem tem as rédeas do poder ou a decisão da última palavra. O anajá, para bom entendedor, que dizer simplesmente: "Conte comigo".

Já a resposta poderá vir em forma de aboboreira ("esperanças vãs"), ou um ramo de açafrão ("há diferença na amizade, não abuse"), ou beijos-de-frade ("não desesperes"), ou uma giesta-fêmea ("esperança malograda") ou um goivo branco ("não sei quando será").

Claro, o candidato a qualquer coisa não se dará por vencido, a menos que seja um fraco; neste último caso, tanto poderá optar por um aipim com casca ("temor de desgraça"), como por um aipim descascado ("prognósticos de infortúnio") ou pelo aipim cozido ("consumou-se o que previ"). Retrucará com a remessa urgente de um araçá-de-praia, que é o mesmo que dizer "chega de tantos enganos".

Ou então partir decididamente para o rompimento e remeter, por um portador de confiança, um pepino, que na linguagem vegetal equivale a um "premeditado acinte". Mas isto só quando tiverem falhado as folhas-murchas ("és um ingrato"), o espinheiro ("passo por sérias dificuldades"), o caminho ("pragas e maldições") e até a dália cor-de-rosa ("por que és assim tão cruel?").

As plantas são loquazes. Tanto que está aqui o secretário me enviando uma muda de bacopa: "basta por hoje".

6/11/1973

Na base do agrião – II

A linguagem das plantas funciona também no procedimento das listas tríplices em maior vigência por motivos que não sei explicar. Quantas noites de insônia e horas de aflição não seriam poupadas se o preferido previamente (suponho que de fato ocorra) recebesse, como aviso alvissareiro, uma açucena amarela, que é o mesmo que dizer: "Tens a preferência".

Não é deveras prático?

O eleito, por sua vez, expressaria seu reconhecimento com um ramo de agrimônia, ao passo que os preteridos, em represália, em vez de fazer inúteis declarações à imprensa ou murmurar entre dentes, sacariam um maço de adelfa ("findou o meu amor") ou mandariam entregar uma partida de cará ou mandioca ("desfez-se tudo") ou de bico-de-perdiz ("enganaste-me").

Se alguém, convidado que fosse para assumir um cargo espinhoso ou não tão vantajoso como aquele que julgasse merecer não precisaria inventar desculpas. Bastaria despachar castanhas-do-reino e tudo se explicava: "Não aceito".

Ao contrário, se fosse cargo para se aceitar de pronto, camélias: "Aceito com alegria".

Claro que com isto também muito se beneficiariam os honestos floricultores e comerciantes do ramo, que dada a demanda, sabe-se lá a que altos preços teriam de vender as tais camélias.

Para os muitos atrevidos que pensam que dão as cartas, um ramalhete de boca-de-lobo seria água na fervura ("és presunçoso").

Nas brigas políticas, quando ninguém entende ninguém, que coisa mais sucinta do que, substituindo relatórios e ofícios reservados, um emissário que levasse, preso à orelha (direita ou esquerda), um galhinho de boca-de-leão encarnada: "Está havendo contendas".

Uma baciada de abacates, verdes ou maduros, seria "traição".

O cabo eleitoral a seu protetor: um ramo de abrunheiro ("cumpra sua palavra").

No lugar de ciúmes e seus dramas, alecrim desfolhado.

O marido à esposa, que suspeita por suspeitar, que recurso melhor do que mandar plantar no jardim um girassol no sentido de ("so amo a ti"). No caso de urticária, como planta enviada de presente, é o mesmo que chamar mulher de maledicente. Tangerina é "puro desdém". Sassafrás, o mesmo que "ó, pérfida mulher". Ranúnculos, "mundo injusto e cruel". E urumbeba, "arrufos tolos". As palavras envelheceram, pareciam mais gentis. Ou faziam de conta que. Recentemente enviei recados pessoais num amarrado de orelha-de-gato, veludinho cor-de-rosa, folhas frescas de trevo, perpétuas e palmas de santa-rita. Ninguém me respondeu coisa alguma. Acharam que eu não sabia me comunicar modernamente.

7/11/1973

Na base do agrião – III

Até mesmo os burocratas – os profissionais da rotina – seriam recompensados se iniciassem um movimento coletivo de rebeldia e adotassem, por conta própria e independente de melhor juízo, a linguagem das plantas na informação dos processos.

Quanta economia de papel rubricado, quanta simplificação no mundo estreito das repartições e quanta abolição de cacoetes se os arrazoados se condensassem num simples alcaçuz apenso ao processo, suficiente para informar ao interessado ter sido seu pedido denegado.

Tão claro! O alcaçuz, do qual até se fazem balas aromáticas, quer dizer isso: "Não estou de acordo".

Quando tarda o despacho – e a experiência ensina que há processos de longa caminhada que não acompanham o ritmo Cooper – o requerente não necessita se amofinar: apenas dá entrada no protocolo a uma raiz de alisma, com a qual fica registrado seu protesto: "Basta de demora".

Em certos casos de maior urgência, como nos aflitos pedidos de licença-prêmio em pecúnia, decorridos seis meses sem que o dinheiro apareça, reclamar a quem? A ninguém, ora essa. Para isso existe o bálsamo ("peço misericórdia") que se fará chegar ao distraído funcionário que esqueceu a petição na gaveta. E se nem com bálsamo ele se tocar, então a ordem é enviar-lhe logo uma banana-da-índia roxa, que é para entender que há compromissos a saldar com brevidade. Como derradeiro recurso, em lugar de inúteis estrilos, uma solene banana-de-são-tomé serve muito bem para completar nossa demonstração de aborrecimento e manifestar que já estamos com a paciência esgotada.

E agora pergunto: qual o funcionário relapso que aprecia receber uma bardana, como prova de nosso desapreço por seu esquecimento?

Como disse no princípio destas considerações amenas, a linguagem das plantas ainda tem sua validade, embora em desuso total. O pequeno dicionário onde estas coisas ingênuas estão escritas tem um sabor tropical que vai bem em nosso clima.

Claro que as plantas são ainda mais úteis aos namorados (ou não?). Vejam os significados: o cravo verde – "serei sua até à morte"; o coentro – "posso ir?"; o pinhão-bravo – "como demora o nosso casamento!"; a papoula-branca – "desconfio do que dizes"; o rosmaninho – "tua presença me anima"; o sabugueiro – "esta é minha última tentativa"; a sempre-viva amarela – "hei de amar-te até morrer"; a sempre-viva-branca – "dê-me um beijo"; a trepadeira-amarela – "entre pela porta da rua"; a trepadeira-branca – "suba pela janela"; e até o pimentão vermelho, que a meu ver nunca teve segundas intenções, corresponde nesse código de mensagens à acusação terrível – "amas a todos".

Uma jovem que se faz de difícil e entrega ao pretendente um maço de viuvinha-de-igapó, não adianta insistir: a pobrezinha quer morrer solteira. Mas se, por acaso, devolver ao rapaz uma braçada de chuchu, quer apenas ganhar tempo e informar que "há novidades em casa".

Está claro?

O código evidentemente é muito extenso e aqui dei apenas alguns exemplos. Os interessados – se os houver – que procurem se informar em melhores fontes. Também não sei se há alguém com tempo suficiente para cuidar do cultivo de tão frágil e colorida linguagem, nem por isso menos folclórica. Cada um faz o que pode. Dei minha contribuição e até a pratico. Mas sei que é inútil mandar a minha amada mil botões de amor-perfeito.

Ela nunca desconfiará que estou perdidamente apaixonado.

A verdade é que a linguagem das flores e das árvores é uma linguagem morta. Por isso me surpreende ouvir, de vez em quando, um cara qualquer dizer que está tudo na base do agrião. O glossário informa que agrião é o mesmo que "estabilidade, poder". Não vejo muito sentido nisso.

Mesmo porque sempre pensei que agrião significasse "salve-se quem puder".

8/11/1973

E agora, também abalo sísmico

Por dever de ofício, passo boa parte do dia (boa parte não significa forçosamente a parte boa) no centro da cidade, a alguns metros do marco zero da praça da Sé e a uma considerável altura do que se chama via carroçável.

Sem entrar em pormenores, o edifício onde estou confinado é alto e posso garantir que de lá tenho magnífica idéia da confusão urbanística em que nos meteram.

Geograficamente, sou vizinho de meio mundo: só não digo que conheço de cor e salteado os manquinhos da rua Direita porque eles são bastante flutuantes e volta e meia são substituídos por outros em pior estado; mas os fixos e estáveis, esses eu manjo.

Também sei identificar numerosas velhinhas que sobem com dificuldade as escadas da antiga igreja do Carmo, onde recolhem indulgências plenárias e oram por nós, seus irremediáveis netinhos.

Sem demasiado esforço, sou capaz de apontar um a um, na base do olhômetro, os gordos que habitualmente almoçam no prédio 62, onde funciona um limpíssimo restaurante vegetariano.

Eu sou um deles.

Por essas e por outras me julgava no direito, até ontem, de ser um sujeito bem informado sobre o que acontece aqui na minha zona de observação.

Acabo de mudar de idéia e a culpa é do epicentro.

Sabe-se que o epicentro é parente do tremor de terra, como este que acaba de mexer com a sensibilidade dos paulistas. Mas tenho uma queixa fundamental: fui o último a ser informado.

Embora muito bem localizado, a um passo do Pátio do Colégio, do Tribunal de Alçada, da Bolsa de Valores e de alguns dos mais tradicionais salões de *snooker* desta capital, deixei passar a memorável oportunidade de anunciar em primeira mão o abalo sísmico, que não apenas balançou sólidos edifícios, mas até agitou esta moça — feita de muito melhor material — que vejo nos jornais, toda assustada, a mão espalmada sobre o colo e contendo a custo sua emoção.

De que adianta permanecer no alto deste andar, se não tenho olhos para enxergar e sentir o que se passa em torno? Pois está escrito, em algum lugar, que as pessoas que estão no alto é que devem olhar, zelar e proteger as que se encontram embaixo.

Treme a terra e balançam os edifícios e só venho a descobrir o acontecido por puro acaso, graças à indiscrição de uma senhora que saía da Farmácia Homeopática, perto da ladeira da Memória, com dois ou três vidrinhos de Baryta Carbônica, Thuya, Hydrastis e Phitolaca, se a memória não me trai. E no que saía, a referida senhora comentou com o jornaleiro da banca se havia visto o terremoto (evidente exagero). Ver, não vira, mas sentira os efeitos: meia dúzia de revistas caíra no chão.

Tentei entrar na conversa, com o alto propósito de obter os dados seguros que um tremor de terra exige. Mas a senhora furtou-se, disse que nada mais sabia, além disso estava com um princípio de amigdalite. Que eu lesse este jornal no dia seguinte, que certamente informaria tudo.

Não deu outra coisa.

Esta coluna foi, por conseguinte, furada no caso do abalo sísmico, o que me parece indesculpável; como disse, estava no alto de um prédio e no centro da cidade e não percebi nada. Espero agora que a cidade não me caia no peito sem aviso prévio.

E estou desolado. Não me interessa que os sismógrafos também não tenham se tocado e que a turma do deixa-disso tente me acalmar, garantindo ter sido coisa insignificante, leve e passageira, inconseqüente e fato comum numa cidade erguida dentro de uma bacia sedimentar de argila e arenitos. Só de pensar que essa menina de saia curta estremeceu e até chorou de susto, já me enche de raiva.

Detesto argila e estou por aqui com os arenitos. E na primeira oportunidade vou fazer uma reclamação ao Clube dos Repórteres da Cidade.

27/10/1973

Macaquinhos me mordam

É isso mesmo. Favor franquear o Parque. O Parque é nosso. Que Parque, rapaz? O Parque da Água Branca. Quem levantou a lebre foi o Ignácio de Loyola, o solerte cronista que presta atenção ao que acontece nesta cidade. Pois não é que um amigo do Loyola foi ao Parque da Água Branca levar a filha na gangorra, e sabe o que lhe fizeram? Cobraram ingresso! Imagine, cobrar ingresso de criança que vai ao Parque brincar. Tudo porque no Parque estava se realizando uma exposição de passarinho.

Acho isso o fim da picada. Sou freguês de caderneta do Parque da Água Branca e já me ferrei numa experiência desse gênero. Acanhado por natureza, detesto discutir. O cidadão me barrou à porta, avisou que eu precisava deixar o tutu no guichê. Morri em vintinho, ou trintinha, não me lembro direito. Paguei sem bufar. Ou melhor, bufei por dentro. Prometi que qualquer dia iria à forra.

Esperei um domingo de sol, depois da missa. Avisei o guri mais novo – naquele tempo ainda não havia nascido o Fábio com seus olhos azuis (é verdade, senhora, tenho um filho loiro de olhos azuis) –, pedi a ele para calçar os tênis que a gente ia fazer uma pândega e tirar um sarro. Estacionei o carro ali perto do supermercadão, atravessamos a avenida correndo para os carros não acertarem a gente, estufei o peito e puxei o garoto pela mão. Não dei nenhuma bola para o porteiro, que veio firme, mas delicado:

– O senhor é convidado?

Me achou com cara de convidado especial.

– Exato.

— Por favor, fico com os convites.

— Já entreguei.

— A quem?

— Ao Fernando Costa.

O porteiro fez um olhar assim como de quem entende mas não entendeu.

— O convite tem de ser entregue aqui na portaria.

— Não sabia, entreguei ao Fernando Costa.

— Esse cara não conheço.

— É o dono do Parque. O sr. não sabe que este Parque se chama Parque Fernando Costa?

— Ah!

Outra vez a cara de vácuo mental. O homem fez sinal com a mão, meio impedindo a entrada, meio pedindo que eu aguardasse, virou-se para dentro, indagou:

— Alguém sabe aí quem é Fernando Costa?

Percebi que ia dar complicação. Endureci. Já estava aglomerando gente, eu impedia a entrada dos otários que não sabem reclamar das safadezas. Firmei o pé. O homem retornou cabreiro, cumpridor de sua missão de recolher ingressos e não deixar bicão furar no peito.

— Sinto muito, ninguém conhece nenhum Fernando Costa.

— Sinto mais ainda, mas a ignorância pode lhe sair caro. Falarei ao Fernando Costa que o porteiro desta bagunça não conhece o Fernando Costa, ele não vai gostar, tenho certeza.

Diabo do porteiro conhecia as manhas. Disse:

— Então chame o seu Fernando. Não posso conhecer todas as personalidades.

Gostei! Já estava tratando o Fernando Costa de seu Fernando Costa e sabia que era personalidade. Meu filho tinha ido comprar pipoca.

Dois saquinhos. Sugeri:

— Traz dos grandes.

Numa hora dessas, o cidadão precisa ter pelo menos dois sacos bem grandes, porque saquinho não resolve. Veio alguém que parecia ser o encarregado de fiscalizar o porteiro:

— Qual é a dúvida? — disse a nova figura me encarando.

— Nenhuma. A dúvida é desse senhor.

— O que há?

— Ele não tem convite.

— Tenho sim. Entreguei ao seu Fernando Costa.

— Trabalha na Agricultura?

— Perfeito. Na Agricultura.

— Ah, então tá! Passe aqui por este lado. O senhor é funcionário?

— Claro.

— Funcionário da Agricultura tem entrada livre. Não precisa nem de convite.

— Muito justo.

— Veio ver o rodeio?

— Não vim.

— A exposição de coelhos.

— Também não.

Sorriu sem graça. Estava mal de palpite, não quis arriscar a perguntar se eu pretendia arrematar uma das vacas premiadas que iam ser leiloadas ou coisa parecida. Eu estava chateado por fora e redimido por dentro. Tinha conseguido passar pela portaria sem ser sangrado no bolso, num dos poucos lugares da cidade onde canta o sabiá e se ouve o mugir do gado.

Mas nem todo mundo tem cara-de-pau e está disposto a estragar o domingo. O governador ficaria de bem com as crianças se mandasse franquear o Parque da Água Branca imediatamente.

Pagar para ver macaquinhos, macacos me mordam!

4/8/1976

Os vivos às vezes somem

Uma ponte de madeira rolou na semana passada em Osasco, tragada pelo rio Tietê. Tragada pode dar a impressão de que o rio Tietê ali é caudaloso e tem correnteza. Nem uma coisa nem outra. No local, o Tietê não passa de uma massa pastosa que verte lentamente. Mais um pouco, é puro material orgânico – e sólido.

Acontece que a ponte rolou. O acidente aconteceu às seis da matina. Nessa hora normalmente só operário atravessa a ponte. Operário atravessa a ponte por necessidade, para alcançar a estação ferroviária mais adiante. É o único caminho. Testemunhas oculares garantem que pelo menos quinze pessoas, todas com marmita e calças de brim, foram pegas desprevenidas e caíram na água. Não foram mais vistas e, portanto, ninguém sabe quem são.

Chamados, os bombeiros chegaram com sua habitual presteza, iniciando as buscas com barcos. Ficaram horas subindo e descendo o rio. Remaram tanto que os suportes dos remos se desgastaram e eles tiveram de parar. Não encontraram nenhum cadáver. Como bombeiro tem vocação para herói, um ou outro se prontificou a continuar as buscas a nado. Imediatamente o departamento médico da corporação proibiu a temeridade. Quem cai no rio Tietê, voluntário ou à força, não volta igual. Não convinha desfalcar o efetivo com uma besteira desse tipo. O melhor era esperar até o dia seguinte e tentar arranjar outros barcos.

Entrementes, os comentários nas margens do Tietê variavam.

Estivemos lá e registramos os seguintes:

I. M. Z., senhora gorda de 34 anos, que lava roupa para fora:

"Coitados, devem ter morrido todos. Só vão achar eles lá embaixo, perto de Santana do Parnaíba. Ponto de exclamação."

I. M., engraxate na Lapa:

"Eu não vi nada. Quando reparei, a ponte estava rangendo e vergando pra baixo. Só deu tempo de falar um palavrão e dar no pé. Agora deve ter cara aí que nem teve tempo de falar palavrão."

A. M. C., operário de uma fundição no Piqueri:

"Que coisa, sô! Sempre desconfiei dessa ponte. Também, onde se viu: ponte de madeira sustentada com latões! Sempre atravessei ela com cuidado, não sou otário. Tenho mulher e filhos. Eu me cuido."

I. (não quis dar o sobrenome), 17 anos, procurando emprego:

"Não caiu ninguém. É tudo cascata da imprensa."

A. X., comerciária, cursando supletivo à noite:

"Honestamente não vi ninguém cair. Vi muita gente correndo, quase me pisaram. Mas se algum caiu, não tem erro, deve ter boiado e saído na outra margem. Eles não desgrudam da marmita. E marmita vazia, como disse o cientista Eureka, bóia."

T. R., lombador de carne, que tinha ido visitar um parente:

"Vai acontecer uma coisa dessas justo no meu dia de folga! Preciso me benzer. Tenho certeza de que dois caras caíram. Mas não posso garantir, eu estava de costas. Só ouvi os gritos."

F. L., 29 anos, bombeiro:

"Conheço bem o rio. Às vezes custa para achar, mas quem é morto sempre aparece. Os vivos é que às vezes somem e ninguém mais encontra."

R. M. P., eletricista, dono de loja:

"Tinha um trabalho urgente, estraguei meu dia. Foi o maior choque que levei em minha vida. E olhe que sou do ramo."

F. A., 31 anos, auxiliar de enfermagem (atende a domicílio):

"Eu entro no hospital muito cedo, saio no escuro. Tenho de andar a pé quase dois quilômetros, usava a ponte todos os dias. Até achava poética essa ponte de madeira. Fazia um barulho suave, trepidava. Pra mim foi erro dos engenheiros que construíram a ponte. O que o senhor acha?"

A ponte que caiu no rio Tietê era provisória: tinha só vinte anos. Estava dentro do prazo de garantia para obras e emergência. Os técnicos de manutenção acreditam que não houve erro de cálculo. A ponte era em estilo rústico-urbano. O excesso de usuários, que aumentou nos últimos anos, pode ter abalado a estrutura. Mas isso só se vai saber daqui a algum tempo.

Até lá, é bom os operários aprenderem a nadar.

1/6/1976

Na Conde de Sarzedas, um posto de vida ou morte

Ninguém diria, mas a rua Conde de Sarzedas fica logo ali, no centro da cidade. Poderia ser uma rua japonesa, não fora a insistência, ainda, do prédio da gráfica da Revista dos Tribunais, que resiste cercada de Noburos e de saquês.

Mesmo o antigo castelo vermelho, cujas portas rangiam genuinamente e tinha, se não me engano, uma autêntica armadura do século XIII, está transformado hoje em restaurante oriental.

Outro edifício que também resiste à invasão japonesa é o nº 194. O edifício 194 é o mais procurado da rua.

São quatro horas da madrugada de anteontem. Os luminosos do restaurante estão apagados e mal se vê o aviso escorado numa estaca do jardim: há vagas para garçons.

A primeira mulher grávida já está chegando ao 194. Com muito cuidado para não falsear o pé nos buracos da ladeira, ela atravessa a rua e vai-se encostar à parede escura do prédio.

Depois dessa mulher barriguda e pesada, chegarão outras mulheres muito gordas e outras mulheres extremamente magras. E chegarão homens barbudos, de sapatos cambaios, que ficarão agachados como trouxa de roupas velhas. De vez em quando eles tossem, espirram, riem, murmuram grunhidos e parecem conversar.

Então o sol acende novamente a rua, os japoneses abrem as portas de suas lojas, os carros começam a estacionar junto ao meio-fio, e as pessoas se movimentam como formigas, sem prestar nenhuma atenção às mulheres grávidas e aos homens barbudos, aglomerados numa longa fila que começa exatamente na porta de ferro do prédio 194.

Um guarda particular, de uniforme marrom e quepe, mantém a ordem, que consiste exatamente em fiscalizar para que não haja invasão nem brigas. Na verdade, ninguém ali está a fim de brigar. Quem reclama, reclama baixo e pia fino.

Um pouco mais tarde chegam os vendedores de churrasquinhos-de-gato, os laranjeiros, os biscoiteiros, os pipoqueiros e os sorveteiros: e o último que chega é o vendedor de balas, que estende um papel na calçada, distribui treze montinhos a 1 cruzeiro cada um, e fica espantando as moscas com as mãos.

Agora a fila já está enorme, grossa e parada como um mandarová.

As mulheres estão incomodadas pelo calor. Os homens se apóiam numa perna de cada vez. Todos ali estão sabendo que são maltratados por alguém, espezinhados, humilhados e vexados. Mas não existe ninguém a quem reclamar. É sempre assim – dizem os conformados. Outros garantem que a situação está piorando; e muito. O que eles querem, uns e outros, é entregar os documentos que guardam zelosamente nos bolsos e nas bolsas, ou apertados entre as mãos duras.

Às três horas da tarde, a fila parece a mesma. Mas já é outra. Os homens estão com as barbas mais compridas, os olhos mais fundos, as pernas mais tortas. As mulheres magras disfarçam sua magreza dentro de vestidos largos; e as barrigudas seguram o ventre embaixo com os dedos cruzados, sentindo pular nas entranhas a criança. Algumas sentem palpitações, dores de cabeça; uma desmaiou, foi carregada em triunfo para o bar da esquina onde lhe deram um copo de água de torneira. Com bastante cloro.

Os comerciantes, escaldados com aquele povo feio, tomaram uma decisão drástica: impedem o acesso aos banheiros. Quem quiser, que se vire. Há um desespero atribulado em cada olhar. Uma angústia, uma raiva, um gemido mudo e sufocado em cada garganta e em cada boca.

Mas as pessoas continuam na fila, aguardando a ventura de ser atendidas, depois de passarem pelo guarda de marrom, que controla tudo. Ou faz que controla. O destino de cada uma dessas pessoas é atingir o guichê.

No prédio 194 da rua Conde de Sarzedas funciona um posto de benefícios do Instituto Nacional de Previdência Social. Esse posto é especializado em duas coisas: auxílio-natalidade e auxílio-funeral.

Talvez o governo nem saiba – preocupado com outras coisas mais importantes – como o povo está sendo mal atendido nesse posto. Por isso nós só queremos avisar que aquilo não está funcionando bem.

E fica muito mal tratar essa pobre gente assim.

A menos que as autoridades apreciem a ironia e a coincidência de obrigarem o brasileiro a nascer e a morrer sofrendo na carne a desorganização da Previdência Social.

12/6/1975

Tal e qual não é um cromo de folhinha

Tinha chovido horrores: o riacho corre barrento lá na frente e os mulatões se metem na água tentando pegar na rede os peixes impossíveis.

Todo mundo amassando barro. As mulheres penduram no varal de barbante roupas encharcadas: calcinhas, meias, peças rotas e roídas. Os homens de calção drenam a enxurrada com enxadas, espiam o campo de malha sulcado pela erosão, bebem cachaça, se encostam no balcão da biboca, esticam as pernas, olham o céu.

De vez em quando pinga uma sobra do aguaceiro.

A sala é pequena, mal cabe uma poltrona de curvim. Para chegar à sala é preciso subir a escada de tijolo nu, desbeiçado e poroso, lixado de tanto pé que passa. Portãozinho de madeira caindo pelas tabelas, dois pedaços de couro no lugar das dobradiças. Um cheiro geral de mofo. Teto baixo, janela estreita, telha à vista, nenhum forro, paredes caiadas e ásperas.

Da sala se vê uma ponta da cozinha — a travessa de arroz, a cumbuca de feijão, a panela de onde a mulher tira a abobrinha cozida — e o quarto onde dormem todos os seis. Cama patente, remendo de madeira rosqueado com parafuso, um urinol esmaltado. Aquele urinol é uma peça.

O marido sai às cinco da manhã, briga na fila do ônibus, se bate no serviço até às tantas, chega em casa mais de oito, moído, aporrinhado. A mulher se lastima, trabalha à noite. As crianças ficam com ele. Desencontros de horário. A criançada sem um lugar para apoiar o livro do grupo escolar. Um lápis rombudo e descascado em cima de uma caixa de madeira: "Manzanas de Rio Negro". Vazia, perfeitamente. Um gato amarelo, magro, de rabo feio. Cômoda, botijão de gás, fogão de duas bocas.

Lá embaixo desliza o caminhão, o sujeito encarrapitado gritando "laranja, venha distinta freguesia"; mas ninguém aparece. O caminhão patina nas poças, o motorista, pelo jeito, burro, calca o breque, atola. O cara sai louco, vermelho, xingando. Mete o pé, se afunda, fica olhando, assunta: ninguém se toca. Estão gozando da cara dele.

Ele amansa: "Ei, você, dá uma mãozinha aqui".

O rapaz com a carrocinha puxada pelo cavalo é um molambo, torto e feio. Se apeia sem entusiasmo, vai dar a ajuda pedida, mas negaceia. Qual a vantagem? Parecem conversar com os olhos.

Geme, empurrando. O caminhãozinho é teimoso como uma mula, as rodas zunem, chispam, giram em falso, atiram respingos de lama a distância considerável. Fedor de embreagem, de borracha queimando, um arranco, um bamboleio, o motor agonizando. Mas se safa, o laranjeiro. Duas dúzias para o rapaz da carrocinha, seu cavalo lampeiro em frente. É isso: quem tem cavalo tem tudo. Um só, tração nas quatros patas. O pessoal se rindo com as cáries.

Na saleta as crianças se debruçam na janela apreciando o espetáculo. O pai, cuspindo: "Vamo fechá isso que está dando corrente de ar".

O vidro desce, emperrando, há umidade em cada canto. Teias de aranha na parede. Os tacos soltos. Um papagaio qualquer assobiando. Duas galinhas-d'angola, pardas, estranhas, ciscadeiras atrás de minhocas. O dia escorrendo. O sábado de tarde, lento, opaco, sem truques. O domingo murcho. O zinco das favelas enferrujado, os tabiques, a antena da televisão: "Sorria com o novo creme dental, o que é que você vai cantar, minha filha? Ele está de olho na botica dela, ah, ah, compre todos os seus móveis a prestação, César Rigatoni desclassificado, Mickey Laudo, em primeiro, o cigarro dos fortes, isto sim é que é, não perca a próxima novela das segundas-feiras – Então quer dizer que depois da morte a gente volta? Volta, diz outro, com panca de sabido – Cáspite! Anúncio, liquidações, quanto é que você vai arriscar na próxima pergunta, veja o futebol compacto, apelo, conversas do outro mundo".

Goteira em cima da cama do menorzinho.

Por que as goteiras sempre aparecem nos dias de chuva?

Taí uma pergunta que ninguém faz.

O homem que levanta às cinco e mora na casa que cheira a mofo, numa dessas periferias da vida, se toca: "Eu, hem! Morrer e ainda por cima voltar pra este lixão! Sem essa, sô. Prefiro tocar clarineta na igreja dos crentes".

E sai pra fora, ver se ainda está pingando.

7/10/1975

Os perigos da manga e da corda bamba

Em cima da mesa, cartas com queixas. Queixas de todos os tipos e de todos os quadrantes. O senhor que reclama da miserável pensão mensal e da irrisória diferença que foi convocado a receber nos guichês: mal compensou o dinheiro gasto nas quatro conduções. Outro que está desesperado: há ratos subindo pelo muro de seu quintal, vindos do baldio ao lado. Já fez de tudo. Reclamou ao dono do terreno, telefonou para a fiscalização municipal. Terminou a verba para veneno contra rato, disseram. Só no próximo orçamento, e olhe lá. Os ratos devem ter percebido (pelo faro?) a carência de recursos, agora estão atacando em massa. O que faço?, pergunta o homem desesperado.

Ia sugerir um gato, mas ele nem me deixa concluir o pensamento. Os gatos de hoje se acovardam diante dos ratos. Enfiam o rabo entre as pernas, disfarçam, querem boa vida. Passam o dia deitados em almofadas, bebendo leite no pires. Gatos murchos, sem os instintos atávicos que os faziam encarar a peleja com garras e dentes. Hoje os gatos apenas engordam.

Uma amiga sofre. Torceu o pé ao descer do ônibus que estacionou longe do meio-fio. Quase foi atropelada, a pobrezinha. Enfaixada, no estaleiro, sabendo que no escritório a correspondência se avoluma. Quando voltar ao serviço terá redobrado o trabalho.

Se pudesse ajudá-la, bem que o faria. Mas também padeço de carga parecida, estou com a correspondência atrasada. Preciso responder às pessoas, ao menos àquelas que me mandaram nome completo e endereço. Surpreendo-me diante de alguns rabiscos tímidos, quase anônimos, de alguém que pensa estar lidando com um bicho de unhas pontudas. Fazem-me lembrar um pouco certas travessuras da infância: os moleques apareciam atrás da fresta das janelas e gritavam: Ô, funileiro!

O pobre funileiro parava de bater sua sonora e encantada frigideira, olhava para trás, procurava descobrir no ar de onde vinha aquela voz e aquele oferecimento de trabalho. Ninguém. Descansava a tralha, encostava na parede a mochila de couro com folhas-de-flandres, solda, ferros e rebites; suspirava levemente desanimado, retomava os trens, prosseguia a caminhada interrompida.

Lá outra vez o guri escamoso açulava: Ô, funileiro.

E quando a súcia pensava que agora ele não mais olharia, escarmentado e sabido, outra vez o homem estacava, repetia os mesmos gestos e ensaiava a mesma paciente cena na esperança — e na necessidade — de que pelo menos uma vez atrás daquela voz brejeira surgisse de verdade uma panela furada ou um bule de ágata sem cabo.

Por que será que, muitas vezes, as pessoas têm medo de dizer quem são? Por que as pessoas têm receio de alguém que não lhes pode fazer nenhum mal — e mesmo que pudesse não faria —, que não usa armas nem brancas nem pretas, não sabe judô, não detém o poder, não gosta de boxe, não é amigo do rei e nem se recusa a essa fragilidade maior que é ouvir: simplesmente ouvir?

Ou será que é justamente isso que intimida? Estarão as pessoas, o comum das pessoas, mais cabreiras do que é necessário estar cabreiro nos dias que correm? Estarão as pessoas calando a boca, ou deixando de escrever, ou até deixando de pensar porque ouviram dizer que ali, um dia, naquele canto e naquele desvão, apareceu uma mancha de sangue até hoje não explicada?

Sempre me intrigou ver o homem que se equilibra no fio de aço atravessando o Viaduto do Chá. O fio descreve uma curva no ar, ligando-se entre o prédio do Banco do Estado, aquele de mármore de carrara, e o edifício da Light. Dizem que o homem atravessa aquela distância, mais de 50 metros acima do solo, de olhos fechados. Sente o vento bater em seu rosto, a brisa da paulicéia. O que o faz lançar-se a essa aventura? O que pensam sua mulher e seu filho diante do passeio medonho? Não tem rede não. Caiu, nem o chão segura. Vira notícia de primeira página.

Pois bem: soube outro dia que até esse homem temerário tem medo. Não um medo grandioso. Por exemplo, o medo de ser eleito presidente de um país e ter de enfrentar as multinacionais. Digo um medo reles, chinfrim, pândego. O homem tem medo de misturar manga com leite. Diz que dá indigestão. Sorvete de manga leva leite e nunca matou ninguém. Mas o homem não mistura. Teme ser surpreendido por cólicas medonhas, ser obrigado a chamar o médico à noite, talvez viajar de maca para o pronto-socorro, enfrentar filas, e de repente um suor frio e pegajoso indicar que seu estado inspira cuidados. Aquela história de enfrentar a frase: É melhor mandar chamar a família.

Os medos, como as queixas em geral, são de variado tipo. Há pessoas que temem escrever o que dizem. Outras temem assinar o que escrevem, a começar por simples bilhetes. Não se deve recriminá-las totalmente. Gente assim pode até atravessar o Viaduto do Chá num fio de arame. O perigo é a manga, que tem um caroço deste tamanho.

19/5/1976

Aqui, quase uma matéria sobre moda. De inverno

Os argentinos invadiram São Paulo. Chegaram com aquela frente fria no começo do mês, lembram-se? Que deu o toque de elegância e requinte ao inverno paulista, reconhecidamente uma estação sem charme. E permanecem. Os argentinos invasores podem ser encontrados no cinema, no bar, no restaurante, no teatro e na esquina. Demonstram conhecer a cidade como a palma da mão.

Não têm sotaque, nem chegam de Fiat com bagageiro na capota. Quem chega de Fiat é mineiro, com aquela buzina que faz assim: uai-uai!

O invasor argentino nunca diz "fútbol", como compatriotas. Quando um invasor pega o trânsito engarrafado ali na avenida São Luís, perde logo a paciência, ao contrário dos patrícios que permanecem lá em sua terra e por isso mesmo vivem dizendo "hay que tener paciencia". Quando o cruzeiro cai, o argentino invasor se lastima, o que não é normal. Normal seria ele comentar: "Subió el dólar". O invasor nunca é surpreendido falando "usted", "perdoname", "muchas gracias". O invasor argentino aprendeu a dizer "qual é a tua?". Assimilou nossos cacoetes, e confere o troco. Detesta bandoneon, não liga para tango, raramente bebe vinho com soda. O invasor argentino não usa gomalina no cabelo. Suas mulheres não carregam o ar trágico e grave de sua espécie.

O invasor argentino só pode ser descoberto mediante um artifício: pelo exame minucioso de seus agasalhos. Explica-se: o invasor argentino não tira o agasalho nunca, mesmo que o sol brilhe no céu e a temperatura esteja a 22 graus à sombra. Esta é a marca registrada do invasor: ele carrega tamanha quantidade de roupa sobre o corpo que dá a impressão de aguardar para as próximas horas a mais violenta borrasca de neve. O invasor e sua mulher (também invasora) não dispensam lenço de seda ou cachecol no pescoço. A mulher tem pantalonas de lã, em linha reta, com casaco longo e abotoado na frente, gola alta, bolsos embutidos, mangas raglãs e cavas caídas. E, certamente, chapéu de feltro (que pode ser o mesmo do marido).

O invasor argentino não dispensa sobretudo de couro com gola de pele. Comparece sempre de colete e blazer de pura lã, pulôver grosso e colorido, gorro de tricô, luvas de pelica forradas, *chemisier* de flanela, casaco de estilo militar que lembra Napoleão em campanha, pelerine, touca de abas largas e, naturalmente, imensas botas de todos os tipos e feitios: botas de vaqueiro, de cano curto e longo, com e sem zíper, de esquiar ou de salto baixo, de bico grosso e bico fino, de camurça e de pelica, do tipo cossaco, amarradas na frente no estilo vitoriano, ou de napa, lembrando bastante – que graça! – o Gato de Botas.

Todavia, o invasor argentino não se entrega assim fácil. É necessário pegá-lo não apenas pelo pé, mas ir direto à etiqueta e ao forro. O invasor argentino é desmascarado pelo avesso.

Todo invasor argentino rende-se no momento em que se descobre que o capote, o gorro, as botas, a saia evasê de veludo, o *tailleur*, o *foulard*, o paletó de *cordonné*, o culote, a malha sanfonada, o macacão de pernas bufantes e a camiseta de gola rulê têm o timbre de Corrientes, *calle* Florida, Santa Fé, Once, Suipacha, Esmeralda e Maipu.

O invasor argentino – pelado, ou em trajes menores – não passa do paulista residente, ou do gaúcho, carioca, mineiro, capixaba ou cearense em trânsito. Claro que o disfarce usado por esse tipo de consumidor alcança mais êxito no

Sul do país ou nesta variável cidade de São Paulo, onde o inverno úmido e pegajoso costuma surpreender mesmo os cidadãos mais escolados. É este o motivo principal por que as ruas estão cheias de capotes, sobretudos, toucas e peles ambulantes. Certamente nunca acontecerá tanto frio como os agasalhos insinuam – mas é confortador saber que uma nova frente fria se aproxima, possibilitando usar o imenso guarda-roupa acumulado em viagens de ida e volta, a salvo da compulsória taxa de 12 mil cruzeiros. Pois sem um guarda-roupa exagerado mesmo para nossa pior estação hibernal não existiria o invasor argentino. Este deverá desaparecer com a chegada da primavera, como a névoa.

Permanecerão, com sua teimosia, unicamente os deserdados que trafegam com camisa de algodãozinho, calças de brim, paletó de alpaca, sem meias e sem luvas, torcendo para que o frio não seja ruinoso além da conta. A estes últimos dá-se o nome, simples e sem sotaque, de brasileiro pé-de-chinelo.

16/7/1976

Quem malha será malhado, diz o povo

O morro do Piolho está aí, que não me deixa mentir. Fica entre o Cambuci e a Aclimação, nesse território mais ou menos livre em que ninguém sabe exato quem manda. Certamente o morro do Piolho não é o que já foi. Resta agora completamente careca, despojado da vegetação, reminiscência que teima em resistir ao avanço dos prédios, dos sobradinhos e das casas.

Quem o conhece, de longe distingue o morro metido entre o cimento dos edifícios. Uns dizem que o morro do Piolho ainda pertence, como sempre, à Prefeitura. Outros entendem que o exótico acidente geográfico é propriedade pública, para não dizer particular, de quem pode mais e chora menos: quem tiver coragem de aparecer por lá, que apareça.

Não é precisamente do atual morro do Piolho que falo. Refiro-me ao morro do Piolho antigo, onde havia arbustos e árvores. O falecido morro do Piolho.

Pois bem: ali se fazem dos melhores Judas da cidade. Testemunhas ainda vivas narram que nenhuma festa de aleluia do bairro do Lavapés e adjacências (o Lavapés é mais do que uma rua) se completou sem a presença do Judas confeccionado em segredo no morro do Piolho. No dia certo, na hora aprazada, lá aparecia amarrado no poste o boneco: se estava de chapéu Ramenzoni, colete de seis botões, calça listrada e lencinho no paletó, podia se jurar que era artefato de procedência do famoso morro.

Ano houve, dizem, em que o Judas surgiu de relógio no pulso, um luxo estonteante, uma esnobação. A máquina naturalmente não funcionava, era sucata. Mas impunha respeito e valorizava sobremodo a peça.

Para punir boneco e destroçá-lo respeitava-se a hierarquia: primeiro malhavam os fabricantes, os auxiliares dos fabricantes, os amigos dos fabricantes e dos auxiliares dos fabricantes – com suas noivas, mulheres e namoradas. Depois cedia-se a vez aos vizinhos mais chegados. Posteriormente autorizava-se a brincadeira aos guris do bairro. E por fim franqueava-se a farra aos visitantes e aos sapos. Estes, verdade seja dita, mal pegavam os destroços fumegantes.

Usavam-se na guerra porrete e gasolina.

Nessa época a gasolina custava bem menos, chegava de galão sem empobrecer ninguém. Despejava-se o combustível sobre o fantoche, alguém riscava o fósforo. A palha ardia, o algodão se retorcia, as bombas costuradas no forro pipocavam, a cabeça voava longe, as pernas se desprendiam. Era um espetáculo bárbaro, anualmente cruel, embora incruento. Às vezes, atrás da figura do boneco encerrava-se a imagem de uma autoridade, um desafeto, um cara malvisto na turma. E havia, para maior clareza, tabuletas penduradas no pescoço do espantalho, com dizeres que não deixavam dúvida sobre quem o povo estava na verdade malhando.

Se dava azar de o nome de qualquer político comparecer no poste, podia estar certo o homem que daquele mato não saía coelho. Nem coelho e nem voto. O jeito era mariscar em outra freguesia. Servia, pois, o boneco também como plebiscito, embora oficioso.

Por um motivo ou por outro a vida foi-se tornando difícil para os Judas e para os brincalhões que se divertiam ao meio-dia do sábado. Difícil, para não dizer impossível. Começou-se a perceber o fenômeno naquele bendito ano em que o boneco foi trazido ao catafalco sem paletó.

Contrariava-se profundamente a tradição do bom gosto.

Nunca se vira até então Judas em mangas de camisa. Certo

que o dia estava ensolarado e amena era a brisa. Mas pegou mal. O boneco não satisfez a gana de ninguém.

Parece um pobre – disse alguém – roto e esfarrapado.

Ano seguinte, nem camisa.

O torso vinha embrulhado em pano de colchão de terceira, recheado de capim seco. Vexame. Para disfarçar, improvisou-se às pressas uma camiseta sem mangas.

Os amigos do bairro acharam que era hora de reagir, em nome da boa imagem da população. Convocaram uma assembléia para protestar contra a penúria, argumentando que o boneco, a continuar dessa forma, tão mal ajambrado, só desfiguraria o conceito do bairro e suas tradições. Pretendeu-se instituir um fundo, ou caixinha, mas os resultados foram desastrosos.

Não obstante as dificuldades, o morro do Piolho compareceu ainda no ano seguinte, e em mais outro ano. O Judas, todavia, cada vez mais desvestido. Agora era apenas um monstrengo feito de retalhos, acondicionado em sacos andrajosos. Nem dava gosto brincar. A cabeça era uma bola achatada, recheada de serragem e recoberta por uma velha meia de mulher. Os braços, duas tripas enroladas com barbante. Para cobrir as vergonhas uma calça de brim, remendada nos joelhos.

Ia-se acender o fogo no querosene. Antes, porém, que o gesto se completasse, uma figura sai de entre os malhadores e, ignorando os porretes e os palavrões, vai até ao poste, e pacientemente começa a desatar as braguilhas do boneco, retirando num puxão decidido as calças que eram a única peça honesta do conjunto.

Enrola-as cuidadosamente e protege-as sob o braço.

Após o pasmo, alguns reclamaram em altos brados, pois o Judas deixava ver agora as entranhas armadas com arame fino e jornais velhos. Mas não houve grito nem ameaça que demovesse ou atemorizasse o autor da rapina. Entre a miséria do boneco insensível e a penúria pessoal, o cidadão entendeu que não havia melhor saída: era pegar as calças para uso próprio, que estavam a fazer falta.

De fato, bem mais azarados que o boneco eram os malhadores.

Depois disso o morro do Piolho foi-se descaracterizando, perdendo a vegetação, a garra e a flama. Hoje, não se fazem mais Judas naquela fábrica, transformada em reduto de almas transitórias. Dormem ali malandros, marginalizados, gente que perdeu as ilusões nas esquinas da vida.

Ou seja: o morro do Piolho é hoje o lugar onde repousa a memória de todos os bonecos malhados desta cidade.

17/4/1976

Fala, ó Freguesia do Ó

Faria Lima era o prefeito. Eu vinha passando pelo largo da Matriz Velha e topei com aquele mundo de gente na praça. Não era para menos: estavam tentando derrubar a caixa d'água, que teimava em não cair. Veio o carro dos bombeiros; mandaram buscar o trator. As cordas amarradas no caminhão haviam rebentado, não tinham agüentado o tranco. A caixa se apoiava em colunas resistentes demais, era coisa muito antiga. As coisas antigas eram feitas para durar para sempre.

Me lembro que o administrador da façanha estava ficando nervoso, aquilo era desafio grande demais para sua paciência. Ele era um homem baixo, de bigodinho; a caixa era o contrário dele, imponente, tinha marcas do tempo na pele: limo preto e gosmento.

Fiquei espiando um tempão, curioso. Até dei uns palpites. Perguntei o que iam fazer naquela praça antiga. O administrador disse que tinha planos de construir uma cabina telefônica, porque progresso é assim mesmo. E a cabina devia ficar exatamente onde estava a enorme caixa d'água. Os telefones iam ser instalados para atender o povo.

Sabe — disse o administrador como pedindo desculpas —, penso que a cabina telefônica vai corromper a arquitetura da pracinha. Também acho — respondi, fazendo ar de quem entende de arquitetura. — Por que o senhor não bola aí uma cabina obedecendo o estilo das casas?

Ele pareceu surpreso com a sugestão. As casas lembravam um povoado perdido no passado: telhas amarelas que não se fabricam mais; paredes grossas de taipa; portas largas e acolhedoras; tetos muito altos e forros de madeira. Já havia entrado em várias casas daquela praça, conhecia-as por dentro. Numa delas funcionava um escritório de contabilidade; o contador usava pena mosquito, era quase tão antigo como o assoalho de tábua larga que as mulheres lavavam todos os sábados, passando esfregão. As tábuas jamais haviam visto uma mão de cera, e no entanto estavam rigorosamente conservadas. A praça da Matriz Velha era um cartão-postal de São Paulo antigo.

Como a caixa d'água não caía de jeito nenhum, desisti e fui embora. Creio que usaram dinamite – na época não se falava em implosão. Era dinamite mesmo, no pé das colunas, voavam estilhaços. A caixa cedeu. Construiu-se a cabina telefônica: chata, quadradona, reta, feia e utilitária. Levou a breca a harmonia da praça, do casario, do morro, do bairro.

Nesse dia me deu pena da Freguesia do Ó. Durante muito tempo o bairro ficara isolado do resto da cidade, o rio Tietê era a grande barreira parda que impedia a travessia. Havia apenas pontes de madeira, precárias e bamboleantes. Com a construção dos viadutos de concreto, o rio foi vencido e o bairro foi violado.

A pracinha não podia mesmo resistir à escalada do progresso. Chegaram indústrias, o povão se espraiou, quem morava na freguesia fundada pelo bandeirante Manuel Preto tratou de repintar as casas, fazer uma reforma aqui, uma demolição ali. O moderninho. Liquidou-se a face velha do bairro. O pouco do passado que resta precisa ser tocado com cuidado, devagar. Se a gente espalha por aí que a Freguesia do Ó, com sua igreja que pegou fogo, é um dos bairros mais antigos e amáveis de São Paulo, logo alguém vai querer capitalizar a tradição e organizar lá festivais de rock e feira de artesanato todos os domingos. É por isso que eu me fecho em copas.

Mas o silêncio às vezes é impossível.

A Freguesia do Ó completa neste fim de semana 396 anos. Tenho lá grandes amigos, gente humilde, tranqüila, com um coração deste tamanho. Quando estou um pouco chateado com a cidade, dou um pulinho àquelas bandas, tomo uma cachaça ardente, revejo a pureza de seu povo. Aliás, estou devendo uma visita ao irmão da Conceição. Falar nisso, a Conceição é uma mineira morena, em cuja roda do cabelo corre água e nasce flor. Eu gosto da Conceição, e gosto da Freguesia do Ó. Faz muito tempo que estou para escrever esta declaração de amor, esperei quase quatro séculos para abrir meu coração.

Os grandes amores são duráveis – ou não são amores. Como as colunas da caixa d'água do largo da Matriz Velha, não há quem os derrube, a não ser pela violência.

28/8/1976

A cidade, para quem gosta de fazer perguntas

Um amigo decidiu fazer um novo guia da cidade de São Paulo, unicamente com pequenas informações que os interessados possam levar no bolsinho do paletó.

Um guia feito de perguntas e respostas, para uso imediato. E manda algumas amostras do material que já compilou.

"Qual o tamanho de São Paulo?"

A cidade de São Paulo tem área de 1.516 quilômetros; a metragem cúbica é incerta e não sabida, visto que todos os dias se constroem novos prédios de apartamentos, vendidos com extremas dificuldades em prestações reajustadas de acordo com a correção monetária. Conclusão: São Paulo não tem tamanho.

"Por que São Paulo é a terra do cafezinho?"

É um fato histórico, cuja origem se perde no tempo em que São Paulo era uma cidade pequena e acanhada, conhecida então como "aquela vila perto de Itu". Até que, certo dia, apareceu na terra um italiano e começou a plantar café e, como as pessoas não sabiam mais o que fazer com aquilo, resolveram exportar o produto. Não apenas o negócio deu certo como o café passou a ser servido em todas as repartições públicas quatro a cinco vezes por dia. Sempre que o contínuo esquece de servir o cafezinho, imediatamente é decretado ponto facultativo. Os chefes de gabinete costumam chamar o café de rubiácea.

"O rio Tietê existe mesmo?"

Existe. Aliás, o rio Tietê corta a cidade em toda sua extensão, na direção Leste–Oeste (em sua homenagem foi inaugurada a linha de ônibus Penha–Lapa). Além de ser cortada pelo rio, a cidade é também atravessada por numerosas valetas e fossos artificiais, o que lhe dá um aspecto característico de cidade em obras. No rio Tietê é proibido pescar. Funciona nesse curso d'água um magnífico serviço de dragas para passeios turísticos, no trecho entre a Ponte Grande e o Piqueri.

"É possível sobreviver no clima de São Paulo?"

Sem dúvida. Embora a temperatura da cidade esteja normalmente sujeita a repentinas oscilações, passando do calor escaldante ao frio úmido, a ocorrência de chuvas torrenciais e de secas devastadoras é facilmente suportável mesmo pelas pessoas mais sensíveis. O clima é acentuado por ventos imprevistos, nevoeiros e uma bem distribuída poluição atmosférica, detectada diariamente por postos de controle para conhecimento dos munícipes atacados de sinusite, corizas e alergias atípicas. Mediante o sistemático processo de devastação das árvores conseguiu-se eliminar definitivamente a pestilenta garoa que, numa certa época, afugentava os turistas.

"São Paulo é longe?"

Depende de onde você está. São Paulo dista da capital do país 1.184 quilômetros por estrada de rodagem totalmente asfaltada. Fica a 71 quilômetros do porto de Santos; e a apenas quatro horas de viagem do bairro de Guaianases. De qualquer forma, existem sempre duas distâncias: a oficial, que é contada a partir do marco zero da praça da Sé; e a clandestina, que é contada a partir da Estação Rodoviária. Quando as duas batem, isso significa que você teve sorte de encontrar um motorista de táxi honesto.

"É verdade que São Paulo enche?"

Normalmente não deveria encher, visto que se situa a 750 metros acima do nível do mar. Todavia, a hidráulica é uma ciência que nem os encanadores conhecem a fundo: ela é responsável pelo fato de que, vez ou outra, a cidade se veja repentinamente 60 centímetros abaixo do nível das águas do rio Tamanduateí. O qual não é navegável.

"Dizem que São Paulo tem gente a dar com pau. Isso é onda?"

Infelizmente é a verdade. A população atual de São Paulo alcança 10 milhões de pessoas, excluídas aquelas que estão na *calle* Florida, em Buenos Aires, fazendo compras. Também estão excluídos desse total os bolivianos que vêm fazer compras nas ruas 25 de Março e José Paulino.

"O que há mais em São Paulo?"

Fora as pastelarias, os botecos e as casas que vendem discos, o que há mais em São Paulo são os viadutos, as pontes, as passagens de nível e os semáforos. Há esquinas que possuem até oito semáforos, funcionando na seguinte forma: dois desligados, dois com defeito, três abandonados e um complicando o trânsito.

"Quem faz o progresso de São Paulo?"

O progresso de São Paulo é feito por sua população trabalhadora, ordeira, pacata e honesta, que edifica o progresso da cidade, a primeira do Brasil. Toda e qualquer reclamação porventura existente deve ser registrada em livro próprio ou em boletins de ocorrência, no distrito policial mais próximo.

"Existem vagas de camelô em São Paulo?"

Segundo dados da Associação dos Camelôs Autônomos de São Paulo (Acasp) todos os pontos estão no momento distribuídos. A propósito, a entidade informa que em assembléia geral de classe ficou decidido que os camelôs não mais aceitarão cheques em suas transações com o público.

"Por que todas as pessoas que criticam São Paulo não dão no pé e mudam de cidade?"

Porque elas ficarão sem assunto, não poderiam criticar mais nada e acabariam morrendo de tédio.

13/11/1975

Malogrado inferninho na torre

Desagradável, muito desagradável – mas é impossível passar por cima dos lances de comédia nessa aventura dos incendiários que tocaram fogo no prédio da José Paulino.

Rufufu não seria mais engraçado.

Os incendiários são três. Um é o próprio cara-de-pau. Outro é o sujeito metido a esperto, capaz de passar a perna na mãe e puxar o tapete do pai. O último é o camarada que, enfim, ensaia o primeiro grande mau passo na vida.

Reúnem-se os três no restaurante. Jantam. Confabulam. À sobremesa, o cara-de-pau apresenta credenciais: informante secreto, chefe de segurança, alta patente, especialista em explosivos e homem de confiança para sigilosas missões no exterior. *Curriculum* assim é mais que suficiente para uma empreitada que comportaria tranqüilamente os serviços de um tocheiro de balão junino. Mas o incêndio que se vai armar é perfeito, craniado. Como nos filmes americanos. Não pode ter erro.

Combinam-se dia e hora. Na data aprazada, o técnico em incêndio chega de avião com um pacote. Dentro do pacote, velas e pratos de alumínio. Aos desavisados, poderá parecer que o moço vai à festa de aniversário de algum setentão e leva, além de velinhas, pratos para o bolo.

O esperto pretende a coisa sofisticada e, com justiça, estranha material tão rudimentar. Mesmo considerando que se planejava incêndio de proporções limitadas, nada além de dois andares. Por que velas de aparência tão inofensiva? Seria para despistar? Cala-se, confiando na técnica, que afinal de contas não domina. No mínimo o sebo da vela, em contato com aquele alumínio – ou seria outro metal desconhecido? – produziria um reagente, um combustível capaz de mandar para os ares meio quarteirão. Ninguém sabe! Talvez ali estivesse, sob seu nariz, a fórmula secreta do napalm.

Tornam a acertar os cronômetros. O fogo é aceso cerimoniosamente às nove da manhã, com efeito retardado. Ao meio-dia em ponto aquilo deverá ser uma fogueira. Três horas contadas, minuto a minuto. Dá tempo de tomar uma caipirinha no bar e ouvir pelo rádio a descrição do desastre. Quando os bombeiros chegarem – se é que vão chegar! – não terá sobrado nem pavio.

Os incendiários são pândegos insensatos que não acreditam nos bombeiros. Fiam-se nos retrospectos. Pior: fiam-se nos retrospectos errados. Sempre ouviram dizer que os soldados do fogo costumam atrasar-se pelo caminho, dificultados pelo trânsito caótico da cidade. No íntimo – esta é a verdade – os incendiários desprezam os bombeiros.

Cumprida sua missão, vão os três homens para casa, aguardar que os acontecimentos detonassem.

Se isto fosse um filme com pretensões a superprodução – o bombeiro-chefe Steve McQueen estaria no quartel conversando com os rapazes sobre como fica bem sua mulher de camisola. No momento em que, com ar de apaixonado, guarda no bolso da túnica o retrato da amada, soa o alarme: um cavalheiro acaba de avisar pelo telefone que estranha fumaça saía das janelas do prédio. E, ao que constava, no prédio havia lareira. O cavalheiro informante deve ser parente daquele que chamou a polícia para verificar o que estava acontecendo no edifício Watergate, coisa e tal. Ao menos parece.

Steve McQueen ordena que a guarnição parta. Um novo inferno na torre promete estragar aquele domingo, impedindo que os bombeiros acompanhem o teste nº 278 da Loteria Esportiva.

E aí acontece o imprevisível: contrariando todos os prognósticos e toda a experiência do técnico em explosivos e agente secreto (aliás falso, conforme ficou esclarecido depois), o Corpo de Bombeiros consegue chegar ao local do fogo três minutos depois do pedido de socorro, antecipando em vinte minutos o combate às chamas que deveria se iniciar – segundo os planos – no horário do programa de Silvio Santos.

Resultado: os bombeiros flagram e apagam as velas antes que elas derretam. Ora, tanta vela assim, nem no velório de dona Engrácia. Dava mesmo para desconfiar. Como diz o ditado, quando a vela é muita até santo desconfia.

Os incendiários obraram mal. Sirva isto de lição aos atrevidos e àqueles que duvidam dos soldados do fogo, que se mais não fazem é porque não os deixam fazer. Vontade não lhes falta. E saibam todos que a pressa (dos bombeiros) continua a ser a mãe da imperfeição (dos incendiários).

1/4/1976

Os que matam ou morrem a golpes de gilete

Um insignificante batom vermelho pode denunciar a pessoa que matou com golpes de gilete, na boca da madrugada, o engenheiro norte-americano que gostava de caçar aventuras nas boates da Vila Buarque. A mulher presa como suspeita nega o crime. E mesmo a polícia está emaranhada em um rolo de dúvidas.

Um homicídio de porta de prédio, típico de cidade grande, onde os olhos se acostumam a tudo. Basta dizer que as duas testemunhas que presenciaram a agressão nem se deram ao trabalho de socorrer a vítima. "São apenas uns cortes", disseram. E trataram de esquecer a cena.

Horas depois o americano estava morto.

Curiosidade: a primeira versão apontava diretamente como assassino um possível travesti. Travestis adoram atacar de gilete. E geralmente são loiros. Bem, essa é a opinião de quem diz que está por dentro. Dez anos passados, nesta mesma cidade e nestas mesmas ruas enfeitadas de brincos de luz de mercúrio, jamais passaria pela cabeça de alguém acusar um travesti de coisa alguma, pelo simples fato de que travestis não circulavam. Sabia-se de sua existência por ouvir dizer, ou por leituras picantes, ou por incursões em círculos fechados e bem delimitados.

Mas agora já é possível deter no mínimo duas dúzias deles, com ou sem motivo, pois eles abundam. E de tal forma que tenho em minhas gavetas seguramente dez cartas de leitores que estão por aqui com esses bons rapazes que usam peruca, seios de silicone, saltos altos e exaustivos retoques e saem à rua fazendo concorrência leal ou desleal, sei lá, às meninas do *trottoir*. Pintam, bordam e azucrinam. As cartas falam até em violência e em ataques, e pedem providências.

Ora, tenho receio de transformar esta despojada coluna em caixa de reclamações, e por isso fui deixando as cartas no limbo do banho-maria, esperando que as coisas melhorassem por si. Verifico que as coisas pioram. Conversando com gente que tem viajado o mundo, e com muita gente aliás, descubro que nesta cidade em que vivemos os destemperos públicos do ramo se alastram além dos limites do normal. Será espírito de imitação? Será a moda, como foi moda a febre dos boliches? Será a dramática tentação do desespero de quem quer se afirmar a qualquer preço? Não importa apurar isso agora. A realidade é que a cidade virou uma praça de guerra, onde vale tudo, e já está difícil saber com exatidão quem é homem e quem é mulher batendo perna por aí.

A perplexidade da polícia, ou antes sua afoiteza, lançando suspeitas sobre uma dessas sombras trágicas que perambulam hoje em dia pelas ruas, solitárias ou em grupos, revela que o travesti é uma figura, digamos, familiar no cenário urbano. As comportas foram abertas repentinamente por um mecanismo ainda não perfeitamente identificado e é em vão que se tenta fechar os olhos ao que está na cara.

É provável que os mais acomodados digam que isso não faz nenhuma diferença e que cidade grande é assim mesmo, paga pelos seus pecados. O negócio é assumir, para usar uma bela frase de efeito, embora de efeito duvidoso.

Mas então assumamos todos. Nesse caso convém reler com mais atenção as queixas dos leitores e verificar se a epidemia não tem focos bem definidos, que precisam ser no mínimo estudados. A molecada que está aí nas ruas – desamparada e desorientada – pode se contaminar por contágio ou por achar que é bacana ser travesti. Por julgar que é moda.

Não sei, é só uma suspeita. Os próprios travestis sabem melhor do que ninguém seu drama e seu poço de angústias. Talvez eles tenham caído na voragem em decorrência da covardia de quem podia falar e não falou.

De qualquer forma não parece saudável a perspectiva de uma cidade sem remédio para curar seus males e suas aflições. Se não pudermos entregar a nossos filhos uma cidade melhor do que aquela que recebemos, eles talvez nos condenem quando forem as vítimas: ou de morrer, ou de matar a golpes de gilete.

19/6/1976

Esses especialistas em calamidades

Com um lenço no nariz, o Capitão Marvel foi visto esta semana descendo apressadamente a rua Boa Vista, no centro da cidade, na suspeita atitude de quem não está gostando do cheiro. Não obstante o traje espalhafatoso e até mesmo ridículo, ninguém deu a mínima bola ao Capitão Marvel, que passou despercebido e incógnito na multidão de pedestres que normalmente vão àquela rua pagar títulos no cartório ou cultivar gerentes de banco.

Sabe-se que o Capitão Marvel está em visita à cidade, especialmente convidado pela Associação dos Amigos do Tatuapé, bairro que, modéstia à parte, detém o recorde paulista de poluição, segundo os índices oficiais.

Trata-se, sem nenhuma dúvida, de autêntica safadeza da entidade, pois, desde que aqui chegou, o Capitão Marvel não tem passado bem. Logo de cara o visitante ilustre apresentou sintomas de faringite aguda. Na segunda-feira, recusou-se terminantemente a deixar o leito, alegando insidioso processo de obstrução das fossas nasais, com corrimento pituitário e inflamação das mucosas do aparelho respiratório.

Terça-feira o Capitão Marvel viu agravado seu estado geral, com a irrupção de uma conjuntivite purulenta, acrescida de impertinente terçol e de sinusite das bravas.

Socorrido no pronto-socorro da Barra Funda, no outro extremo da cidade, o Capitão Marvel acusou princípio de bronquite e passou a ser tratado conforme a bula, ingerindo astronômicas quantidades de antialérgicos. É bem provável que o Capitão Marvel não possa assistir a nenhuma das reuniões programadas pelos moradores da Zona Leste para debater a onda de poluição que se abate sobre a população. De qualquer forma, sabe-se que o Capitão Marvel está espantado com a péssima qualidade do ar oferecido ao público, embora – como especialista de gabarito internacional em calamidades públicas – já tenha vivido as mais desagradáveis experiências. Como aquela vez em que, no combate a temível grupo de facínoras, foi mergulhado de cabeça para baixo num tonel de ácido sulfúrico.

– Puxa, deve ter sido pior do que morar em São Caetano.

– Não conheço São Caetano – observou o Capitão Marvel –, mas já estive em serviço no Vietnã e posso dizer que nunca vi coisa parecida com isto. Acho que vocês precisam reclamar.

– Reclamar a quem?

– Sei lá. Deve ter alguém responsável.

– Aí é que está. Existem responsáveis demais. E um joga a culpa nas costas dos outros.

– Por que vocês não fazem um abaixo-assinado ao prefeito?

– O prefeito faz o que pode, mas ele já recebeu a cidade com poluição.

– Então falem com o governador.

– Acho que não resolve no momento. Se o governador tomar medidas drásticas, acaba ficando impopular.

– Isso acontece. Talvez seja o caso de vocês se dirigirem diretamente ao presidente.

– É complicado. O presidente não pode ficar cuidando da poluição da gente, vão pensar que é outra estatização. Além disso, muita gente acha que poluição é sintoma do progresso.

– Um ponto de vista respeitável. Então por que vocês não se mudam?

– Mudar pra onde?

– Para uma cidade onde não haja tanto progresso. Digamos uma cidade onde as fábricas tenham equipamentos que preservem a qualidade do ar, onde existam áreas reservadas apenas para habitação, uma cidade que tenha árvores, lagos limpos, rios sem detritos. Enfim, uma cidade decente.

— O senhor está gozando a gente.

— Estou falando sério.

— Se existisse essa cidade, todos iriam para lá. E começariam a construir mais fábricas, a destruir os parques, a acabar com os quintais, a sujar as águas, a demolir as casas e a levantar prédios de apartamentos, uns colados aos outros. Ficaria uma cidade igualzinha a esta.

— Bem, mas haveria uma lei regulando tudo.

— E quem faria a lei?

— Os legisladores, naturalmente. Sempre atendendo ao interesse geral, e não de grupos.

— Não havíamos pensado nisso. E quem executaria a lei?

— Creio que um bom executivo não se recusaria a isso.

— Há os que não gostam de obedecer à lei.

— Nesse caso vocês iriam queixar-se aos juízes. Estes, consultados, dariam seu parecer com presteza.

— Impossível, teríamos de começar tudo de novo. O senhor não tem uma solução mais prática, sem tantas formalidades?

— Penso que não. É uma parada acima das minhas forças. Certa vez evitei que um meteorito destruísse Nova York, aparando-o no peito e desviando-o para Marte. E outra vez contive as lavas do Vesúvio. Mas, num caso como este, todo mundo violentando a cidade, é dose para elefante. Não me sinto bem fisicamente para topar a parada. Por que vocês não falam com Mandrake, o Mágico? Ele tem feito misérias.

— A idéia é boa. O negócio é mesmo o Mandrake.

Ontem à tarde Mandrake e Lothar desembarcaram no aeroporto de Congonhas e entregaram os pontos logo na avenida 23 de Maio. Estão hospitalizados, em observação. Mandrake e Lothar não param de tossir e de espirrar. Pode

ser apenas alergia a inversões térmicas, fato normal e corri-
queiro. Mas, pelo sim, pelo não, estão rigorosamente proi-
bidas as visitas dos leitores de histórias em quadrinhos.

O pessoal do Tatuapé já está pensando em convidar o
Super Mouse.

24/6/1976

Provado: o que atrapalha o pedestre é o carro

Digam o que disserem – mas acordar cedo, calçar coturno, pegar mulher e filhos e se alistar na infantaria não é programa para domingo de paulista. E, todavia, até o impossível acontece. Domingo passado boa parte da cidade arrancou o pijama e a camisola e saiu às ruas fazendo a pé 8 quilômetros de percurso. Nome que se deu à marcha batida: Primeiro Passeio a Pé da Cidade de São Paulo. Resultado imediato: ficou provado que tão cedo a infantaria não será extinta por falta de voluntários.

Quantos marcharam? Como sempre, até agora ainda não se chegou ao acordo. Os números variam entre 15 e 150 mil atletas. Esta última cifra inclui naturalmente os contingentes de curiosos que se detiveram nas calçadas espiando o exercício matinal. Em todas as marchas, sempre, há os que caminham e os que se limitam a espiar.

Não é exagero chamar de atletas a esses heróis. Em São Paulo, cidadão que anda a pé é promovido imediatamente a atleta, com direito a carteirinha de andarilho. Nessa confraria os sócios se dividem em categorias conforme as motivações: os que andam a pé por falta de trocados para o ônibus; os que andam a pé porque a profissão obriga (caso dos vendedores de carnês); os que andam a pé porque desesperaram de comover os motoristas de táxi; e os que andam a pé por convicção. Estes últimos são minoria, mas também existem.

De qualquer forma uns e outros estão cientes de que ser pedestre é um exercício de sobrevivência e exige cuidados especiais. Para cada pedestre vivo há pelo menos dois pedestres mortos e quatro ou cinco veículos cujos motoristas espreitam. O pedestre deve se lembrar sempre de que tem inimigos por todos os lados, sem excluir os motocas, que costumam ser ameaças veladas.

Bem. Digamos que o primeiro Passeio a Pé tenha reunido 50 mil pessoas. É um número comovente e raro, principalmente para uma manhã domingueira de sol, e fria. Cinqüenta mil pessoas caminhando pelas ruas ordenadas e alegremente indicam de cara que não existe tanto pé chato nesta cidade como se costuma propalar.

O segundo ponto positivo diz respeito à segurança alcançada – esta sim ainda mais rara. Pois acreditem: ninguém foi atropelado! Nenhum ônibus, nenhum caminhão, nenhum automóvel com ou sem freios desregulados conseguiu acertar os bravos heróis andantes.

Dirão que o fenômeno se deveu à presença do prefeito, que não apenas garantiu a retaguarda da marcha como – verdade seja dita para exemplo da juventude paradona – marchou na vanguarda da multidão. Há outra interpretação menos venenosa: o automóvel já é um mal desnecessário. Abolido, cessam os atropelamentos. O mais provável é que a solução do transporte urbano, tão precário e cheio de abusos, possa por fim ser alcançada (após algum treino) estimulando-se a população a deixar o carro em casa e o ônibus nas garagens, e passando a andar exclusivamente a pé.

Utopia? Em absoluto. Andar a pé rende mais desde que se removam os veículos da cidade. Trata-se de encarar invertido o problema: não são os pedestres que atravancam os veículos, mas os veículos que impedem o trânsito dos pedestres. Com as ruas desimpedidas, um bom pedestre pode chegar antes que qualquer ônibus das viações coloridas. E há outro aspecto relevante: pedestre não polui.

Alguém adverte que o excesso de caminhantes nas ruas, com a abolição dos automóveis e ônibus, provocaria igual e intolerável congestionamento, dado que a velocidade dos pedestres é variável: alguns não conseguem desenvolver mais de 3 quilômetros por hora. Logo, pedestres com maior deslanche e potência de máquina se munirão de buzinas portáteis, azucrinando os ouvidos dos mais lerdos e tirando finas das senhoras idosas. Outros admitem que nas influências de ruas e avenidas de grande movimento haverá choques corpo a corpo, pois todo pedestre se julgará na preferencial. De fato, como obrigar que o antigo dispositivo de urbanidade – há muito revogado – de se dar precedência às damas e aos velhos volte a vigorar numa sociedade baseada no pedestrianismo? Nem todo mundo caminha na mesma direção e com o mesmo destino.

Mas este é um risco que precisa ser corrido. As grandes teorias provam-se na prática. O primeiro Passeio a Pé da Cidade de São Paulo demonstrou que o público está disposto a tentar qualquer experiência para arrancá-lo do ponto morto. Com o trânsito emperrado e o transporte urbano cada vez pior, a saída é franquear as ruas ao pedestre e deixá-lo andar com suas próprias pernas.

Além de tudo, será uma solução econômica. O álcool – e não apenas a gasolina – pode ser poupado como carburante, desde que se faça uma regulagem de hábitos. Razoável número de participantes da grande marcha reconheceu haver dispensado qualquer tipo de aperitivo para abrir o apetite no último domingo. Caminhar dá fome, eis tudo.

Quanto ao número de atletas, poderá ser triplicado com facilidade numa próxima prova. Basta anunciar com antecedência que a passeata, além de seus notáveis efeitos lúdicos – e portanto remédio para esfriar a cuca –, é uma forma sutil (e legal) de protestar com inteligência contra a má qualidade dos transportes e, até se for o caso, contra esses tais de aumentos do custo de vida.

24/8/1976

Como enche a famosa lei do jeitinho!

A chuva deixa a gente sem assunto. Não fosse esta pasmosa falta de assunto, talvez fosse o caso de aproveitar a chuva para reclamar da lama. Os jornais publicaram fotos de mulheres fazendo a limpeza das ruas – mulheres uniformizadas que hoje substituem os homens que antes faziam a faxina. Deve ser trabalho muito cansativo: a lama atinge quase um metro.

Conheço bairros onde praticamente só dá lama e nem há ruas. Estou me lembrando de dois: Jardim Damasceno e Jardim Carumbé. O engraçado é que, pra começo de conversa, os dois bairros nada têm que lembre um jardim. São bairros feios, desajeitados, feitos no tapa.

Água encanada é uma dificuldade: luz, quase não há; galerias pluviais, onde se viu tamanho luxo?

Chama-se a isso de bairro residencial. Naturalmente as pessoas que vão morar lá são muitos pobres, ganham mal, vestem-se de sobras, vivem amofinados. Os amofinados da vida. Pagam o terreninho a prestação. Quando atrasam o pagamento perdem o que deram e o terreninho é revendido.

O mesmo terreno passa por duas ou três mãos. Os compradores pensam que ganharam de presente os cinco mil tijolos e as trezentas telhas. Aquele troço.

Um dia começa a chover, uma chuva que presta. Não é nenhum dilúvio. Numa terra onde se inventa até arca de Noé para criança conhecer o que é uma vaca e como é que o pinto pia, nada mais natural que chova. Afinal, isto é um país tropical, até prova em contrário. Chove: e os bairros dos amofinados se dissolvem em lama. A vegetação, que era feita para escorar a terra, foi de embrulho. Não sobra nada. Nesta hora todos gritam pelos poderes públicos.

O poder público aparece com a entidade misteriosa encarregada de sanar os abusos e omissões dos poderes particulares, que também são muito fortes.

Um dia sapeava lá pelos lados do Jaraguá, prestei atenção num loteamento que estava sendo aberto numa das poucas áreas onde ainda existe um pouco de verde. Um lixo de loteamento. Estava na cara que o que interessava ali era faturar em cima dos amofinados. Perguntei por que não faziam um loteamento de gente. Um cara sabido respondeu presto que um loteamento pra valer ficaria muito caro, inacessível ao povo. E o povo – sentenciou ele com ar de raposo – também precisa morar.

Mas não morar assim, que nem bicho.

Honestamente não sei qual a altura da lama no Jaraguá hoje. Mas deve ter lama suficiente para fechar a boca daquele homem que tinha respostas na ponta da língua.

Na época de chuva, o serviço de bombeiros, de salva-vidas, de prestação de socorro e de auxílio aos flagelados acaba sendo pago pela população em geral, de modo que esses loteamentos marotos, subsidiados por todos nós com a mão dos poderes públicos, são os mais escorchantes da cidade.

Quem quiser saber o que é escândalo basta espiar esta cidade num vôo de helicóptero. Há feridas enormes em morros, abertas por tratores abusados e por lenhadores que cortam e vendem madeira por metro cúbico. Aqui e ali pessoas tentam salvar a parte delas, enquanto a lei – omissa, frouxa, quando não conivente – permite, tolera e sacramenta os piores abusos.

Boa parte da lama que respinga agora em todos nós não foi provocada pelas chuvas. Essa lama brotou da falta de coragem dos legisladores, de sua insensibilidade e dos interesses dos grupos que lhes manietam as mãos. O resultado é esta cidade prostituída pelos cidadãos que deveriam amá-la e protegê-la, ao contrário de escravizá-la a seus apetites. O diabo é que ainda vigora o regime onde cada um faz o que quer. Nossa lei maior ainda é a famosa lei do jeitinho, que nenhuma revolução revogou.

Mas convenhamos que essa lei já está enchendo.

3/2/1976

Quando um poste é marco, âncora, emoção, monumento

Está certo, existem assuntos mais urgentes e aflições mais graves de que cuidar, mas hoje peço prioridade, senhora, para me colocar ao lado, e a favor, dos sisudos e veneráveis postes de ferro que o progresso decidiu arrancar do centro da cidade. Ou pior, já começou a arrancar – sem consultar a nós, o povo das ruas.

Trata-se no mínimo de uma provocação. Podem me chamar de amigo dos postes velhos, não ligo. Acontece que vivemos numa cidade desfigurada, onde é fundamental botar um pé na frente e outro atrás sempre que os técnicos e os sabidos resolvem mexer no que não incomoda a ninguém.

Naturalmente, estão confundindo esses valorosos postes com os semáforos que são trocados a cada mudança de administração, postes sem caráter, feitos para pendurar anúncios.

Acontece que um poste nem sempre é um poste, eis a questão.

Às vezes, em casos especiais, um poste é uma saudade, um marco, uma lembrança, uma comemoração, uma lição do passado, e a âncora onde escoramos o barco das emoções. Frescuras, madame? Nem tanto. É que eles, os técnicos e sabidos, não conhecem a alma desses postes. Não sabem, por exemplo, que tais postes repicaram saltitantes na última grande noite de São Silvestre, quando o derradeiro atleta brasileiro venceu – ainda se fazia garoa àquele tempo! – a grande corrida pedestre da passagem do ano.

Sim, os moleques do Brás fomos todos às ruas, com a alegria juvenil e as pernas leves, com martelos e canos de zinco, e fizemos a serenata dos postes, enquanto baliam as sirenes das fábricas.

Quando o pracinha voltou da guerra, para onde havia ido bem contente e feliz, deixando alguns mortos e trazendo medalhas no peito magro – já repararam como os pracinhas brasileiros tinham o peito magro? –, os postes de ferro, negros e lustrosos, voltaram a cantar.

Oh, eles, os técnicos, não sabem de nada. Eles pensam que esses postes pretos e sóbrios e austeros e esguios e delicados, honestos, eficientes e elétricos, eles pensam que esses postes foram lavrados nas coxas. Pois estão enganados. Cada poste que agora se desmonta é um gesto de elegância sólida que se desfaz, é uma pequena obra de arte que vem abaixo, e portanto é um desrespeito e uma afronta. Postes de *pedigree*. Alguns dizem que foram importados, feitos especialmente na Inglaterra. Mesmo que não. Mas olhando-os bem, de alto a baixo, percebe-se que eles possuem uma fleuma, um jeitão tranqüilo que não é normal. Nunca perderam a dignidade, a compostura. E olhe que já levaram porradas de criar bicho. Mais de um automóvel e jamanta entraram firme neles, de frente e de lado. E no entanto os postes não dobram fácil. Parecem feitos da mesma fibra que todos os dias enfrenta o desafio da cidade, com a longevidade dos patriarcas. Que nome dar a isso, senão monumentos?

São Paulo os conhece e estima. A garotada acostumou-se a eles: os velhos os respeitam, porque são contemporâneos. Uma vez, perto ali do Theatro Municipal, vi um cidadão de pasta e gravata, distraído é certo, talvez fazendo contas e matutando nas duplicatas a pagar, ir de quina de chifre num dos postes que hoje estão derrubando. Foi uma batida seca; o cidadão deve ter sentido, e muito, até recuou de susto. Nessas horas sempre há um ou outro safadinho que ri; mas também sempre chega um companheiro, uma mulher de bolsa, uma moça bonita de batom, um escolar de uniforme, perguntando: Doeu?

Ou antes: Machucou?

Claro que deve ter machucado. O cidadão de pasta e gravata saiu do *round* com um galo bem vermelho no alto da testa, louco da vida. Encarou o poste. O poste ficou firme no mesmo lugar, sem arredar um passo, com suas arandelas e os globos de luz. Mas a gente sentia que o poste, embora sem ter culpa nenhuma na batida, estava pedindo desculpas para o cidadão. É isto o que eu digo, minha senhora: os postes antigos, que os técnicos e os sabidos estão querendo arrancar do centro da cidade para substituir por luminárias modernosas, não apenas são bonitos e não apenas iluminam. Eles, mais que tudo, são civilizados. Têm educação e urbanidade. Possuem um peso e uma presença física que funcionam como ponto de referência para qualquer cidade. Esses postes estão acima do tempo e, portanto, são incólumes. Claro, madame, que ninguém defende a volta do *gaz hydrogeneo* líquido nem as bases da iluminação pública do primeiro contrato firmado em 1844. Não se trata disso, senhora, acredite: apenas se quer a preservação dos postes porque eles são os elos que nos prendem aos que primeiro embelezaram esta terra, e dentro deles – dos negros postes – descansam os fluidos imemoriais que fazem de um amontoado de casas, ruas e prédios – a Cidade.

18/9/1976

GENTES
DA METRÓPOLE

Receita de prefeito

O bom prefeito – disse Janjão Campos Flor – há que ser sóbrio no falar e no vestir. Se souber fazer discursos, tanto melhor: mas não precisam ser nem longos, nem prolixos, nem afetados, nem confusos. De preferência períodos curtos e idéias largas. A clareza é essencial. O melhor orador é sempre aquele que se consegue fazer entender até pelos desentendidos. Não é necessário, aliás, que saiba escrever, de lavra própria, o que vai dizer em público. Já há profissionais competentes que operam no ramo, produzindo peças por encomenda a preços razoáveis.

Todavia, é sempre conveniente que, em havendo oportunidade, o alcaide (ou candidato a tal) demonstre conhecimentos de lexiologia e sintaxe e não pratique infrações ortográficas escandalosas, que poderão expô-lo às garras da oposição. E sempre há oposição por este ou aquele motivo, como sabem os munícipes em geral, quanto mais os alcaides.

A bem da verdade, não é imprescindível que o bom prefeito tenha raízes genealógicas que remontem aos primeiros desbravadores remetidos para a terra. Embora tal seja estimável e até mesmo digno de menção no necrológio, trata-se no fundo de inútil vaidade, visto que não encerra em si nenhum mérito ou privilégio. A menos, bem entendido, que se queira prestar singela homenagem ao pioneirismo obstétrico da parteira que presidiu aos trabalhos do parto.

O bom prefeito não pode ter mau hálito.

São hoje tão comuns as conversas ao pé do ouvido, tão freqüentes as reuniões a portas fechadas, tão assíduas as consultas sussurradas que o mau hálito – principalmente o não pressentido – lança muitas vezes por terra não apenas uma administração razoável, mas até mesmo planos para gestões futuras.

Modesto, sem ambições, sem ilusões e sem senões, eis qualidades que ornam a fronte do bom prefeito. Cuide, porém, de agradar pelo menos aos parentes, que são, por definição, pessoas suscetíveis de se magoar e que jamais perdoam agravos ou esquecimentos.

A precipitação não é boa conselheira do bom prefeito, mas sempre que um problema ameaça apodrecer nas gavetas, nos gabinetes ou nos canais competentes, não custa autorizar porta-vozes a que esclareçam, aos impacientes, que as medidas reclamadas estão amadurecendo sob acalorados debates e ponderados estudos.

A experiência tem demonstrado que os munícipes nem sempre exigem soluções, desde que recebam explicações.

O bom prefeito tem também de conhecer sua cidade.

Esse conhecimento pode ser feito de helicóptero, mas não é o mais recomendável e eficiente. O melhor conhecimento faz-se a pé, de preferência quando o prefeito ainda não o é, e portanto está a salvo de fotógrafos, assessores, técnicos, angariadores de anúncios, crianças com bandeirinhas, empreiteiros de obras públicas e guardas de segurança, que dificultam enormemente o trânsito.

O bom prefeito precisa viajar pelo menos uma vez na linha Penha–Lapa, Jardim Nordeste e Gato Preto. Não fazer ar de surpresa quando lhe falam na estrada do Sabão e na avenida Servidão Pública e conhecer, ao menos de vista, alguns porões do Bixiga. Será tão entendido de rua XV como de rua Bica de Pedra. E saberá de cor e salteado onde se situa a famosa rua Particular.

O bom prefeito é o que samba no Carnaval, mas se manca; jejua na Quaresma, mas finge que almoçou; torce pelo Corinthians, mas não se considera um sofredor; toca violino e zabumba, mas diz que a mulher é que é artista; e trata em igualdade de condições tanto as pulgas do Municipal como as do forró Asa Branca: com inseticida.

Quando o povo sofre, o bom prefeito chora, mas chora quieto. E quanto o povo se alegra, o bom prefeito ri – mas sem mostrar os dentes.

O bom prefeito é vidrado em grama e em passarinho, não tem medo de cara feia, agüenta canelada, xinga a mãe, cobra imposto sem carregar na mão, ouve o ceguinho, presta atenção no silêncio dos mudos, está sempre de antena ligada, mora na jogada, tem um pé na frente e outro atrás, não pisa em falso, não desce do carro antes de parar, não dorme descoberto, planta árvore de fruta e de sombra, gosta de tirar lagarto de roseira, está sempre bem penteado e de sapato engraxado, não palita os dentes a não ser em casa, arrota o mínimo possível, dá razão a quem tem, se não sabe não diz e vai-se informar, faz e acontece sem exigir gratidão, curte o samba de Adoniran Barbosa e ouve, todas as noites, antes de suas devoções pessoais, a música "Jogaram tanta sujeira" do sociólogo Tom Zé, a quem imediatamente contrata como seu conselheiro principal.

Além disso, o bom prefeito tem que ter uma boa equipe, uma caneta-tinteiro, uma fotografia dos filhos para colocar em cima da mesa, uma bandeira, um mapa geral da cidade e uma espaçosa sacola para assuntos de rotina.

E por fim isto: o bom prefeito ama sua cidade e o bom prefeito não berra.

19/4/1974

O que é um cacique

Há muito que o senhor Raimundo vinha pensando no assunto e já nem dormia direito. Até que finalmente esta semana não agüentou mais e oficializou talvez a mais importante decisão de sua vida: pediu demissão de seu honroso cargo e olhem que em caráter irrevogável.

O que seu Raimundo fez ninguém havia feito antes.

Bem entendido, lá onde Raimundo vive.

Se fosse intenção badalar o senhor Raimundo pelo seu gesto corajoso, escreveria aqui que seu pedido de demissão foi recebido com muito pesar e surpresa, mas não é verdade.

Ninguém insistiu para que ele continuasse no posto.

Todavia, essa indiferença (ou ingratidão) em instante algum abalou seu coração ou magoou sua vaidade, pela razão muito simples de que Raimundo é um cidadão sem vaidades, que nunca pensou em curtir o cargo vitalício e jamais se prevaleceu da enorme autoridade de que a princípio dispunha.

Tanto mais que essa autoridade vinha sendo diluída aos poucos, roída por outras autoridades maiores e pela rarefação da disposição dos subordinados em obedecer.

Quando deu fé e resolveu fazer um balanço do papel que representava, Raimundo verificou que seu cargo estava reduzido a um título sem força nem expressão.

Além de muito mal remunerado.

Aí não teve dúvida, chegou e disse: sou demissionário.

O fato não causaria espanto nem mereceria registro se se tratasse, por exemplo, de um alto executivo, um caixeiro, um diretor de banco ou financeiro, para não dizer um administrador regional da prefeitura – porque nestes casos as demissões são amplamente viáveis, não se podendo dizer que haja galhos ou giraus seguros donde não se desça ou se escorregue.

Ocorre que o senhor Raimundo ocupava posição e título a que não se chega com facilidade, nem se obtêm com sufrágio direto ou indireto ou por quaisquer outras vias das que comumente se conhecem.

Raimundo era até outro dia o cacique dos índios xerentes.

Governava no norte de Goiás. Contra seu governo, ao que consta, queixas não havia nem reparos. Se fez ou não boa administração, se promoveu o progresso da tribo, saneou-lhe as necessidades básicas e zelou para que não se racionasse caça e pesca, nada se sabe por que os jornais pouco informam sobre o governo dos índios.

Mas é de concluir tenha sido um cacique quente, como se diz.

Poderia portanto continuar no gozo de seus legítimos direitos, que incluem a garantia de subsistência a cargo dos governados. Mas Raimundo abdicou do favor e do privilégio e achou melhor exonerar-se de suas funções, que de resto o aborreciam. A velhice chegara e, com ela, a indisposição para ouvir queixas, fazer consultas, auscultar correntes, escolher candidatos, dar conselhos e vigiar os destinos de seu povo.

Enfim, largou mão das responsabilidades do cargo, tanto mais que descobriu, com seu olho vivo, que ser cacique não representa lá grande coisa nem encerra poder que valha o sacrifício e a aporrinhação.

A dura realidade é esta: morubixaba já era.

Entre aparecer ser e não ser, preferiu a última posição, pois a seu ver não há nada mais sem graça do que ter o cargo, mas não ter o mando. Coisas de índio, já se vê.

Isto posto, Raimundo entregou o abacaxi e, apenas para não ficar de todo ao relento, solicitou a quem de direito uma pequena ajuda de custo e um rádio de pilha.

É isso: entrou pobre e saiu pobre.

30/3/1974

Desse jeito tua mãe não agüenta

Era uma família modesta lutando com dificuldades naquela cidade pequena. O marido, barbeiro de profissão, aborrecia navalha e panos quentes. Preferia redes: a de pescar e a de dormir. Quando não estava agachado na barranca do rio, estava tirando uma pestana.

O cabeça da casa era a mulher, forte e corpulenta, de rosto gordo e simpático. Pau pra toda obra, se desmanchava fazendo salgadinhos e doces para a vizinhança. Inventara a mais comentada empadinha da região. Vinha gente de longe prová-la. E assim sustentava a economia doméstica.

Com mão de ouro e um fogão de quatro bocas, amealhou dinheiro suficiente para abrir uma pensão, que imediatamente lotou e nunca soube o que era quarto vago. A mulher acordava de madrugada, antes dos galos, e ia escolher a mais fresca alface nos caminhões que aguardavam a abertura do mercado.

Camas macias e limpas, lençóis cheirando a alfazema, bifes enroladinhos com toucinho, o rosto gordo e simpático, a conta aumentou no banco, o gerente deu-lhe crédito, daí a pouco a fortaleza da mulher se instalava no ramo da hotelaria pesada, onde aos domingos as famílias faziam suas refeições e, nos demais dias, se hospedavam os melhores caixeiros-viajantes e propagandistas.

O marido fechou a barbearia, por incompatibilidade de vocação.

A mulher comprou-lhe um pesqueiro, que ele imediatamente cevou.

À noite, para matar-lhe a vontade do carteado, levava-o

de carro ao clube, entregava-o aos amigos e deixava na portaria do hotel a chave do quarto, para quando ele voltasse, madrugada feita. Tratava o marido a pão-de-ló, broa de milho com manteiga e leite bem quentinho com canela, gemadas e maçãs assadas. E fazia isso com tamanha abertura de coração, que nunca ninguém se lembrou, naquela casa, de perceber que a mulher se matava de tanto trabalhar.

Os negócios, porém, prosperavam como saúva.

No fim do ano, resolveu comprar um automóvel zero-quilômetro para o filho. A própria mãe escolheu a cor, deu-o de presente. Deslumbrado, o filho saiu pelas estradas com o pé pesado, os pneus cantando.

Na primeira curva mais fechada capotou.

Chegou em casa com as pernas esfoladas, mas absolutamente vivo. O automóvel ficou irreconhecível.

A mãe ouviu pacientemente a história do desastre. Nenhum gesto de desespero. Acostumada ao heroísmo cotidiano e a carregar o fardo sozinha, reprovou a temeridade do rapaz em correr tanto, carta de habilitação ainda amaciando, mas felizmente tudo acabara bem: o carro se espatifara, porém, o menino estava são e salvo.

Dos males, o menor. Além do mais, o carro estava no seguro.

Tudo teria terminado assim se o marido – chegando de uma pescaria – não tivesse sido informado do acidente. Pendurou os bagres junto ao tanque, descansou a tarrafa no barracão de apetrechos, descansou as botas, tomou banho quente de bucha e sabonete, penteou o cabelo com gomalina e desceu para jantar. Saboreou vagarosamente a saladinha de tomate e pepino, o arroz soltinho, o feijão com assuã, o rosbife rosado, pediu jabuticaba de sobremesa, bebeu o café coado na hora e ficou palitando os dentes, os dois pés apoiados na almofadinha de veludo vermelho bordada de lã.

Olhava pro teto, e algo o mordia por dentro.

Como num galope, relembrou que, afinal de contas, era

o pai ali naquela casa – era o homem! – e tinha de dar uma dura no filho. Na mais séria decisão paterna adotada naqueles macios vinte anos, chamou o rapaz na chincha e expôs-lhe, com uma terrível veemência, a burrada que havia feito capotando com o carro.

– Filho, precisas tomar juízo. Ou te emendas, ou tua mãe não agüenta. Desse jeito, ainda vais obrigar teu pai a trabalhar para ajudar no sustento da casa.

Quando ouço falar em trampos, falsificação de adubos, jogadas mil, lembro-me dessa história. E digo: "Desse jeito, tua mãe não agüenta".

A mãe, no caso, é o Brasil.

7/6/1975

Considerações mais ou menos impertinentes

Em primeiro lugar, alguma coisa me sugere que o mau ladrão não deve ter afanado mais do que esses senhores que se aproveitaram da piedade alheia e venderam seu peixinho a 60 cruzeiros o quilo, obrigando o povo à abstinência e ao jejum além do preceito.

É como comenta o vulgo: não há quaresma que corrija safado.

Em segundo lugar, acabo de descobrir que também o ovo de chocolate é feito de petróleo. Só isso para explicar os amargos preços do produto, agora definitivamente inacessível ao cumprimento do tradicional costume de brincar com crianças, aliás verdadeira temeridade. O ovo de chocolate custa hoje mais caro do que coelho; de modo que, nas futuras apresentações, os mágicos farão o obséquio de tirar da cartola o ovo, no lugar do coelho. A platéia ficará muito mais deslumbrada e agradecida.

Feitas essas observações preliminares, parece-me que nada mudou na história da Páscoa — que continua a ser a festa da libertação. Entender a Páscoa neste sentido é compreender e aceitar o mistério da morte. E, pois, vencê-la. O sepulcro vazio é a resposta às lágrimas e à aflição. Neste lance, como em tantos outros, sempre me impressionou muito o papel desempenhado pelas mulheres. Exato. Foram as mulheres que primeiro deram notícias da ressurreição. O fato de não terem sido a princípio levadas a sério não desmerece sua coragem e seu testemunho.

O testemunho pascal é antigo; vem dos primórdios, de um tempo em que a palavra tinha outro peso e outra dimensão. A tradição oral era questionada, testada, examinada e aprofundada. Tinha, portanto, muito mais durabilidade e crédito que a fita de videoteipe eletrônico de nossos dias. Na era das comunicações, nada se perde mais facilmente do que a palavra. Esta se tornou material por demais deteriorável. Foi substituída pela imagem a domicílio, cômoda mas passageira e fugaz. E frágil. Daqui a dez ou vinte anos, os gols de Pelé estarão tão esgarçados como os gols de Leônidas; bastou um incêndio para cancelar o registro maior de sua glória. Esta repousará, ainda uma vez, na palavra. E haverá quem diga, como sempre, que tudo não passou de lenda.

Medito estas coisas depois de receber o pequeno cartão que os rapazes que recolhem o lixo de porta em porta me entregam com um sorriso: desejam feliz Páscoa. É um belo voto. O único cartão que recebo me é estendido por uma mão suja e magra, mulata, nervos redondos desenhados sob a pele. Sei bem o que eles querem dizer com isso: que eu não me esqueça deles neste Sábado Santo, pois têm família, filhos, irmãos, e talvez queiram, com justiça, comer uma galinha gorda de Domingo de Páscoa. Nada mais desejam da Páscoa a não ser a grata lembrança. Providenciarei certamente garrafas de vinho, mas sei que um deles não bebe álcool. Precisaria que alguém lhes contasse também, discretamente, a grande novidade que as mulheres descobriram com sua sensibilidade e amor naquela madrugada tão distante: que a ressurreição foi feita para todos.

Mas o caminhão de lixo é feio, cheira mal, e eles trabalham sem luvas. Uma pequena angústia me assalta, me incomoda e eu creio que mais alguns cabelos em minha cabeça estão embranquecendo. Agradeço o cartãozinho. Se eu não fosse tão cheio de pruridos e escrúpulos, talvez também mandasse um cartão às autoridades lembrando que a Páscoa é a festa da libertação, do entendimento, a da resposta às ansiedades gerais.

Mas talvez as autoridades não entendessem a mensagem e pensassem que estou pedindo apenas ovinhos de chocolate ou uma garrafa de vinho...

9/4/1977

O homem da oitava vez ·

A última vez que vi Mickey Rooney foi na rua Barão de Itapetininga, quase esquina da República. Eu havia pegado uma sessão de cinema e ele tinha acabado de sair de uma joalheria fina, onde fora — segundo explicou depois — tentar vender uma aliança de casamento.

— Veja — ele disse — é uma aliança quase nova. Mal foi usada.

De fato a aliança tinha pouquíssimo uso e ainda brilhava. Mas o casamento não era de bom quilate, estava completamente embaçado.

Sugeri: — Cara, vamos sair daqui do meio da rua que podemos ser atropelados.

Ele respondeu: — Oquei — com aquele jeitão dele falar OK quase sem abrir a boca.

Atravessamos a rua, entramos na Salada Paulista. Enquanto ele comia sua salsicha com mostarda, tirei uma fina: Mickey pareceu que havia diminuído de tamanho, mas era impossível. Se Mickey diminuísse um milímetro, ele não conseguiria alcançar o copo de chope em cima do balcão.

A diferença é que o rapaz estava com ar acabado, não era o mesmo que eu imaginara na Broadway, ao lado da Judy. Poxa, naquele tempo o rapaz era duro na queda. Me lembro que tinha uns quinze anos menos do que ele e admirava o Mickey dando sorte com mulher. Essa admiração aumentou profundamente quando ele casou com Ava Gardner. Até no Brás — e olhe que o Brás fica um bocado longe de Hollywood —, até no Brás o casamento repercutiu.

Um dia minha mãe chegou com a colher cheia de óleo de fígado de bacalhau, que era pra eu ficar forte. Falei:

— Deixa pra lá, mãe.

Com razão. O óleo de fígado de bacalhau é um portentoso fortificante, mas tem um gosto abominável. Nunca perdoei o bacalhau por isso. Mas minha mãe era pragmática nessas coisas:

— Tome, meu filho, que você precisa crescer.

Argumentei que não fazia nenhuma questão de crescer. O Mickey Rooney era baixinho e no entanto estava lá, faturando uma nota e conquistando a Ava Gardner. Minha mãe achou que era má-criação, dobrou a dose de óleo de fígado. Isso não ajudou em nada a diminuir a reputação do Mickey, mas fiquei um pouco decepcionado quando, meses depois. Mickey e Ava principiaram a quebrar o pau. Pior: quando os boatos insinuaram que Mickey apanhava da mulher.

Minha mãe não perdeu a vaza:

— Está vendo, meu filho! É isso que dá não tomar óleo de fígado de bacalhau. Acaba apanhando da mulher.

Separaram-se. Mickey ficou solitário um tempo, tornou a casar-se, novamente descasou. E transformou a operação matrimonial num hábito, talvez uma compulsão. Monogâmico por excelência, foi um exímio colecionador de esposas, um desses estranhos homens sentimentais que, na calada da noite, quando os galos dormem e a saudade acorda, gostam de folhear álbuns de fotografias, em que o noivo aparece dizendo: Sim. E — o que é mais importante — aparece recebendo o sim de uma mulher. Possivelmente Mickey sempre gostou do frisson que antecede o mergulho no vórtice da mulher desejada, tudo de acordo com a lei civil e contratual. No íntimo, um legalista matrimonial.

Enquanto ele comia a salsicha na Salada Paulista, fazia girar entre os dedos da mão esquerda a aliança que pretendia vender. Mais um troféu de seu último casamento.

— Você vende isso fácil. Basta dizer que é o Mickey Rooney. Há colecionadores de desastres que dariam uma fortuna por essa aliança. De que casamento é ela?

— Quarto ou quinto, não sei direito. Preciso ver a inscrição, não estou com a vista boa. Mas isso não tem importância. Minhas alianças são todas iguais. Com um pouco de esforço, cabem em qualquer dedo.

— Acho que é por isso que seus casamentos pifam.

— Você acha mesmo isso?

— Acho. Mas não fique aborrecido. É como disse: com o Mickey Rooney qualquer um faz negócio.

— O diabo é convencer os outros de que sou o Mickey. Chego e digo: "Olhe aqui, sou o ex-marido da Ava Gardner. Tenho uma aliança de casamento para vender. Topa comprar?". E eles respondem: "Quem, o senhor, tão baixinho?". E me deixam falando sozinho, como elas sempre me deixam.

Hoje, sinceramente, acredito que se o Mickey Rooney tivesse tomado óleo de fígado de bacalhau quando criança não estaria precisando casar pela oitava vez. Ou — caborteira hipótese — pode ser que ele esteja casando pela oitava vez justamente por haver tomado óleo de fígado de bacalhau em excesso.

De qualquer forma, vou enviar-lhe um telegrama. Desejando felicidades, claro.

11/9/1975

Do mau exemplo das avós

O garoto em frente comprou uma bicicleta de dez marchas e anda exibindo a máquina às garotas do bairro. As meninas estão impressionadas. O prestígio do meninão subiu lá em cima, muito justo. Todas as tardes, lá vem ele: curvado sobre o guidão, talvez excessivamente curvado, pedalando ágil, mal tocando o selim. .

Quando está inspirado, solta as duas mãos, levanta o tronco, abre os braços como um planador, faz que vai levantar vôo. Nesses momentos de glória as meninas viram as costas, fingem que não estão nem lá. Mas o garoto é solerte: sabe que, mesmo sem olhar, elas estão vendo sua acrobacia de truz.

Depois ele faz a curva fechada. Os pneus finos assobiam rente ao meio-fio. Volta sem pedalar, só no embalo. A máquina desenvolve; o jovem é um zéfiro, os cabelos voando para trás. As meninas agora estão olhando. Ele aproveita e puxa o breque até onde dá, num único golpe. É uma parada seca; o corpo deveria ser atirado com violência para frente, mas o menino entende sua montaria de metal e mora na filosofia.

Se falha numa apoteose dessas, está definitivamente arruinado: terá até de mudar de bairro, possivelmente ir morar com a tia carioca, no Cachambi.

No que a bicicleta estaca, o garotão faz empinar a roda da frente, desliza por trás, salta em pé e dá uma de naturalidade, displicente, afetadamente simples.

Está encerrada a primeira parte da apresentação.

Da janela, o velho espia. Por dentro, ri satisfeito do êxito do moleque, embora ache que ele abusa. Numa rua assim, de movimento, pode aparecer um louco. Ninguém sabe.

No fundo o velho aprecia a brincadeira. Se lembra de seu tempo: o velho era ainda meninote, mal saído da saia da mãe. Nessa época nem existia bicicleta de dez marchas. Apenas raras bicicletas de passeio. O menino se embeiçara por uma menina – paixão imortal, eterna, cáustica, fermentativa, que lhe atribulava as noites de imaginação. A menina passava na rua, o peito do garoto trepidava de comoção. Enrubescia. Baixava os olhos. A menina percebeu, carregou no perfume, olhava pelos cantos dos cílios, jogava denguice. O menino remoía: ou me caso com ela, ou não caso com nenhuma.

Era um namoro empírico, telegráfico, feito somente de intenções silenciadas. Podia até ter dado certo: o menino tomaria coragem, confessaria suas íntimas intenções. Oh, como era complicado namorar nos tempos do velho! Mas aconteceu que a menina perfumada ganhou uma bicicleta, ficou orgulhosa, cheia de vãs vaidades, tornou-se uma casca de ferida. Dava voltas imensas nos quarteirões, descobriu mil admiradores, no fim uns aproveitadores que apenas queriam dar um giro de bicicleta – quem não percebia isso? Ela não percebia, coitada.

Resultado: se amarrou num moreno pintoso que só freqüentava o antigo Cine Ópera e depois do filme levava a garota a tomar frapê de coco com canudinho. Uma infame concorrência desleal.

Foi assim que o garoto se desencantou, disse pra si mesmo que nunca mais caía na besteira de se apaixonar por menina de bicicleta.

Nunca se deve prometer essas coisas – pensa agora, tantos anos depois, sorrindo, o velho.

Nisto, uma brecada de carro. O coração salta. O velho busca a janela. Um negro e pegajoso pressentimento lhe segura as pernas duras: o garoto da bicicleta de dez marchas, vai que aconteceu uma desgraça. Tantas cismas: essas brincadeiras no meio da rua, um perigo!

O velho aperta os olhos, espia: o carro vai indo embora, é outro garotão botando banca pras meninas, brecando para chamar a atenção. O menino da bicicleta de dez marchas nem se toca, sequer percebe o velho assustado lá na janela. Está ligado nas minas, na reluzente e esguia máquina encostada ao muro, ele contando, pelo jeito, as vantagens de ter uma bicicleta capaz de atrair a atenção das meninas da rua.

O velho suspira. Atribulara-se à toa.

Coça o nariz, lembra-se de que precisa mandar ajustar a dentadura.

Esse neto, ah, esse neto!

— Saiu igual à avó. Ela também era adoidada numa bicicleta...

28/11/1975

De como Tonico voador entrou bem

Despertou normal. Pulou da cama, escovou os dentes, barbeou-se, assobiou diante do espelho. A mesma cara de todos os dias.

— Toma café, Tonico. Não vai assim pro trabalho.

— Tô acostumado.

— Não faz bem ficar de estômago vazio. Olha a úlcera.

Vestiu o paletó, apanhou a mala-executivo, beijou a mulher. Tinha de andar dois quarteirões até o ponto do ônibus, e se pôs a caminho. Na primeira quadra, sentiu o peso na barriga perto do umbigo. Pesinho estranho. Esfregou de leve com a mão esquerda, sentiu a protuberância. Nas entranhas, engrenagens pareciam girar lentamente.

— Devia ter tomado café. Seria a úlcera?

Caminhou mais um pouco, entrou na avenida. Automóveis, o farol, pessoas correndo na faixa. Apertou o passo, mas não dava mais tempo. Olhou o relógio: atrasado outra vez. Havia lá o chefe, que não dizia nada. Isso é que era crueldade. O chefe não dizia nada. Abaixava a cabeça emburrado, espiava sob as sobrancelhas carregadas de pêlos e de censura. O chefe olhava por baixo dos olhos, fiscalizador e sinistro. Pigarreava. Pigarro forçado, que vinha com segundas intenções, e ameaçadoras.

Numa dessas entraria bem.

Havia acontecido com outros. O chefe silencioso se levantara da mesa durante o expediente, murmurava:

— Preciso falar a sós com você.

Os namorados é que falam a sós, mas o diabo do chefe quando chegava com essa conversa era a condenação definitiva.

— Desculpe, sei que tenho dado algumas mancadas, mas sacomé, minha avó agoniza. Lá em casa está uma danação. Gente doente em casa, já viu.

O chefe parava um instante, dava a impressão de que ia se comover, logo retomava a face gelada de paralelepípedo.

— Eu entendo — dizia o homem falsamente compungido —, mas acima de tudo os regulamentos da empresa. Tolerei até onde deu. Você passa no departamento do pessoal, assina o recibo.

Tonico deu dois saltos, alcançou o outro lado da calçada, correu em direção ao ônibus. O ônibus partia. Fechou a porta na cara. Tonico sobrou. No ponto, as pessoas pacientavam-se.

Dentro do ventre as engrenagens agora roncavam. O susto tomava conta da alma de Tonico, nunca acontecera antes. Onde já se viu uma barriga roncar desta maneira! Ainda por cima, em cima da hora. Daria um braço para ser helicóptero. Se tivesse a lâmpada do gênio, esfregaria o gargalo até ser atendido.

— O que queres, Tonico?

— Ser um helicóptero. Poder alçar-me na vertical, galgar os ares, chegar antes de todos, passando por sobre semáforos, cruzamentos, guardas de trânsito, apitos, prédios, porteiras e mata-burros.

— Pois serás.

Tonico sentiu um tranco interior. Seus braços, puxados para cima e para os lados, principiaram a girar, a princípio lentos, depois com crescente velocidade. Rodopiava sobre si, como piorra. As pessoas se afastaram correndo, pálidas e tensas. O ponto de ônibus esvaziou em segundos. A poeira em volta se erguia, papéis picados, maços de cigarro amassados, palitos de fósforo em voragem. Tonico foi subindo macio. Pegou altura, passou pela armação dos *outdoors*, raspou na janela de um prédio (a mulher tapou o rosto, correu pra dentro), encarou as antenas de televisão, viu-se lá em cima, além da cobertura dos edifícios.

Girava como um cata-vento. O ronco da barriga era agora o silvo da sirena, igualzinha ao apito dos carros de bombeiros. No ar, suspenso, alado, Tonico parecia um balão charuto. Libélula de duas pernas, perdeu os óculos, as calças começavam a descer, a camisa se abria, expelindo os botões. Tonico era o primeiro homem a voar sem ajuda da imaginação, apenas movido pela força dos braços.

— Sinto-me leve. Ainda bem que não tomei café.

Custou algum tempo para se orientar, até perceber lá embaixo o edifício em cujo quinto andar funcionava o escritório. Deveria entrar pela janela? Sem dúvida. Que sucesso! Tonico não apenas chegando no horário, mas entrando pela janela aberta do quinto andar. Ia ser o assunto do dia. Concentrou-se, pediu ao gênio da lâmpada que moderasse os movimentos dos braços, controlando a descida. Tinha de fazer uma aterragem perfeita: o escritório estava atulhado de mesas e cadeiras, armários de aço, estantes, não havia espaço para cavalo-de-pau. Ou calculava a descida, ou estava arriscado a sofrer um acidente: quem sabe um galo na cabeça. Marcou bem a direção na janela — ainda bem que os vidros como sempre estavam abertos (não havia ar condicionado). Entrou com os motores desligados, diminuindo o som da sirena.

O chefe estava lá, no lugar de sempre. Ergueu a cabeça, deu de cara com Tonico voador nos últimos movimentos de hélice. Descida perfeita, irretocável. Apenas o lábio de baixo tremeu um pouco, muito pouco. O chefe não movimentou um músculo, a própria cinza do cigarro parecia petrificada de indiferença. Pigarreou. Torceu o cenho. Baixou a cabeça e olhou o relógio. Tonico estava adiantado cinco minutos.

— Seu Tonico, que idéia é essa de entrar pela janela?

— Vai desculpar, mas me aconteceu o impossível. Hoje eu resolvi vir voando pro serviço. Sabe, o gênio da lâmpada!

— É uma pena. Na empresa não permitimos que os funcionários usem outra passagem que não seja a de serviço. O senhor está despedido.

Tonico ia dizer um palavrão, mas pensando bem, agora que ele aprendera a voar, não ia ter problema para arranjar emprego em circo.

26/8/1976

Na lista das cassações, o macarrão da *mamma*!

Era um desses filhos mimados, criado nas saias da família, cheio de não-me-toques, o dodói da casa. Quando pirralho, chorava por qualquer capricho; logo corria uma tia a enxugar-lhe as lágrimas e fazer-lhe as vontades.

Cresceu assim, cercado de almofadas e algodões.

Quando apareceu o buço, foi um rebuliço.

Ingressou na puberdade cercado de cuidados, e sua convocação para o serviço militar provocou sustos e preocupações infinitas. Felizmente se safou, como excedente.

Tratado a gemada, óleo de fígado de bacalhau e mingau de aveia, criou uma patola que fazia inveja na rua. No colégio, foi considerado o melhor cestobolista do ano. As meninas vidravam nele. Uma destas, mais arrojada e manhosa, cativou-lhe o coração.

Formou-se o rapaz em administração de empresa, aprumou-se num emprego de brilhante futuro e razoável presente e contraiu núpcias – como se diz por aí.

Belo esposo e filho dileto, tinha só uma reclamação: a menina sua mulher sabia fazer café, fritava ovos, esmeravase em purê de batata com salsicha, tinha jeito até para xinxim de galinha – e olhe que xinxim de galinha é uma parada –, mas malograva no velho e legendário molho de macarrão.

Depois que casou, o moço mimado não provara da mão da esposa macarronada que merecesse fé. A menina se angustiava, sofria com isso; e lá iam os dois, de bracinhos, papalicar o almoço domingueiro na casa materna.

Coisa tão simples, o molho! Tomates maduros bem no ponto, orégano, azeite, cheiro verde, cebolinha, um generoso pedaço de músculo, água, e aquela imensa paciência de cozer em fogo brando das oito da manhã à uma da tarde, até que o néctar assumisse a consistência do suco grosso e encorpado que depois seria derramado sobre a massa fervida na hora de servir, todos os comensais à mesa.

O macarrão da *mamma* era um ritual.

Um domingo, no horário habitual, a fome açulada por provolone e azeitonas pretas, convocaram-se os convidados, que o almoço ia ser servido.

O filho ocupava a cadeira da direita; na cabeceira o pai.

A mãe veio lá de dentro com a enorme travessa transbordante de odores e apelos. Era um talharim de raça, que chegava com força total. A gorda senhora despejava porções fartas nos pratos estendidos, os olhos gulosos do filho se revirando nas órbitas.

Deu-se a primeira enrolada no garfo.

Súbito, um grito pavoroso sacode a copa e a cozinha, fazendo tremerem os talheres.

(Um tio, que sofria de neurose de guerra, julgando tratar-se de um ataque aéreo, meteu-se imediatamente sob a mesa, levando seu prato.)

Todas as cabeças se voltam para o filho lívido.

— Mãe, a senhora viu o que tem aqui no meu talharim?

— Casca de tomate, filho? Deixa que a mamãe tira pra você.

— É um fungo, mãe!

(O avô, que era doidinho por *funghi*, limpa as barbas:
— Deixa que eu traço!)

A mãe, incrédula:

— Não é possível, filhinho. Eu juro que não coloquei *funghi* no molho.

— Tá aqui, mãe. No macarrão! Está cheio de fungos.

Toda a família precipita-se para a travessa a fim de investigar o mistério do fungo.

O irmão caçula, que prestava vestibular em exatas, vai lá dentro e traz um microscópio. Prepara uma lâmina de talharim, veste seu uniforme branco de pesquisador, e inicia um meticuloso exame do corpo estranho.

Visivelmente espantado, as mãos trêmulas, prende a respiração e impede que o pai complete a mastigação do bolo de alimento com que enche a boca:

— Ninguém se mexa! Suspendam o almoço. Levantem os braços e encostem-se contra a parede.

— É um assalto? — pergunta o avô, aborrecido.

— Não, é uma contaminação. O talharim aqui, com o perdão da palavra, está completamente atacado não apenas por fungos, mas também por bactérias e bacilos.

— Cáspite — diz o avô —, que molho caprichado!

(E o tio, embaixo da mesa: — É sabotagem do inimigo! Cubram-se!)

Chorando, a dona-de-casa tem uma crise de nervos e atira a travessa no lixo. A nora consola. O filho mimado berra, enraivecido:

— Mas nem o macarrão da *mamma* se salva neste país!

O tio neurótico:

— O inimigo não respeita ninguém.

O avô, limpando o queixo com o guardanapo, lembrando os bons tempos do Brás:

— *Mamma mia*!

Levantaram-se todos e, de mãos dadas, cantam em coro "O sole mio".

17/1/1976

A. C., o homem que subiu em cima da azeitona

Era um velho fiscal de casca dura, sabido, escolado, vivido, traquejado e machucado pela experiência.

Experiência variada: contara gado no olhômetro de precisão encarrapitado na barranca do rio na divisa, entrara em câmaras frigoríficas quarenta graus abaixo de zero, discutira com lombador de carne na madrugada, catara na chincha negociadores de nota fria, descobrira muamba de arroz em caminhão-tanque de inflamável, estourara velhacoutos de mercadorias clandestinas, e uma vez – terrível e histórico dia! – fiscalizara uma enorme mulher grávida.

Com seu faro de perdigueiro, olho clínico, sacara a desconfiança: o ventre estava um pouco exagerado.

Chegou, tirou o chapéu (era um fiscal que não dispensava chapéu), rendeu-se numa reverência, solicitou, cavalheiro:

– Madame, desculpe a impertinência.

– Sim...

– Gostaria que a madame me mostrasse a nota fiscal.

A mulher se fez de desentendida. Fez biquinho, cara de desaforo.

Ele, insistente:

– A madame queria fazer o obséquio de entrar aí no reservado, eu fico à porta. A senhora descarrega a mercadoria, mostra a documentação. Se estiver em ordem, pode seguir em frente!

Começo de escândalo. A grávida ameaçou chamar um PM de serviço. Ou por outra, um guarda civil, que era o que vigorava na época.

Ele, respeitoso:

— A senhora é que sabe.

Juntou gente, curiosos, a mulher pediu licença, entrou na primeira loja à direita, bateu a porta do toalete. Saiu daí a cinco minutos, magrinha. Magrinha, e rindo sem jeito.

O fiscal conferiu: dois cortes de casimira inglesa, quarenta e oito chaveiros, três dúzias de cortador de unha, oito perucas *made in Germany*, quinze mantilhas espanholas (dessas de que mulher de toureiro gosta), um jogo de jantar, vinte e um lenços de seda.

Tudo sem nota, escondidinho na barriga falsa.

Depois desse episódio mirabolante, o nome de Alencar Constante transformou-se numa legenda. Quando queriam dizer que uma pessoa era solerte, aguda, perspicaz, diziam simplesmente.

— Esse sujeito é um Alencar.

Fazia misérias, o Alencar Constante.

Os mais novos, os que entravam na profissão jejunos e bobinhos, eram sumariamente encaminhados aos conselhos e máximas de Alencar — que para tudo tinha uma orientação.

Bebiam-lhe os ensinamentos.

Uma de suas leis: "Respeite o contribuinte".

Outra: "A educação é o ornamento do verdadeiro fiscal".

Ou esta: "O bom fiscal não dorme nem à noite".

Alencar Constante — ou A. C., como também rubricava os processos — era uma espécie de monstro sagrado. Certa vez, ao comemorar 63 anos, os companheiros se cotizaram para lhe erguer um busto de bronze no jardim de sua casa.

Ele, modesto, recusou a homenagem.

— O que vão dizer os vizinhos?

Sugeriu que a quantia fosse empregada em algo menos duradouro, menos pomposo e ostensivo, porém igualmente carinhoso como uma estátua: beberam-se em sua honra mais de duzentos litros de vinho clarete.

A festa marcou também um certo cansaço que lhe bateu no peito, e que dificultava a respiração. A mulher preocupou-se. Os filhos mandaram-no ao cardiologista. Seu coração foi radiografado, fizeram-lhe um eletro completo.

Resultado: Alencar Constante tinha de parar urgentemente com a mania de perseguir sonegadores escada acima. Se quisesse fiscalizar, só no plano – sem correrias e sem afobações.

A. C., desesperado, perguntou ao facultativo:

– Doutor, mas não posso correr atrás nem de um sonegador por semana?

– Nenhum.

Abalado, humilhado, desestimulado, o velho fiscal se encostou num posto, atrás de um guichê. Já não corria, é certo. Mas também não sorria. Macambúzio, murchinho, triste como uma coruja no oco da árvore. Os colegas o consolavam:

– Deixa disso, Alencar. Os tempos mudaram.

Ele, mal-humorado:

– Qual, já não se fazem mais sonegadores como antigamente.

Ontem, saindo lá da Fazenda, o velho Alencar Constante – ou A. C., como rubrica atrás do guichê – descobriu, extasiado, a apreensão de 180 toneladas de azeitonas, acondicionadas em 530 barricas, numa ação fiscal de deixar basbaque qualquer um. Diante do espetáculo cinematográfico dos caminhões com sua carga fantástica, os olhos de A. C. se arregalaram, um brilho de alegria inundou-lhe o semblante – e ele não se agüentou: como macaco velho de guerra, trepou num dos caminhões agarrando-se nas cordas com uma agilidade desconhecida, encarrapitou-se nas barricas, pôs-se a saltar de alegria, ameaçando fazer um discurso de onze laudas.

Os companheiros fotografaram-no, para a posteridade.

Não sei, sinceramente, se este jornal vai ter oportunidade de publicar a foto. Mas posso garantir que Alencar Constante, em cima das azeitonas infratoras, dá um excelente pôster.

4/12/1975

Manuel, uma das esperanças desta cidade

Quando a mãe levou o filho para batizar, já havia escolhido um nome bem simples: a criança ia se chamar Manuel.

Na rua onde a família morava havia outros garotos iguais àquele; um Manuel a mais não fazia diferença. Então o pai, com aquela ingênua soberba de quem vai dar o mundo ao filho, sugeriu e ordenou que o menino fosse também Benjamin.

Desta maneira o garoto ficou sendo Manuel Benjamin.

Os Pereira levaram o filho à igreja. Segurando a alva túnica à borda da pia batismal, a madrinha fixava seus olhos quentes e ternos no rosto do menino e concluía, lá com suas miçangas coloridas, que o bebê era mesmo uma gracinha e merecia muito mais que aquele nome vulgar e comum.

Mas (atalhou o pensamento) são as pessoas que fazem um grande nome.

Os tempos passaram. Manuel Benjamin cresceu em força, vigor e peraltice: suas sobrancelhas engrossaram, e o buço – de que todos no começo riam divertidos – virou um desses negros bigodes de homem feito, nem sempre aparado com lâmina, que os fios haviam endurecido.

Chegou o momento em que o moço precisou escolher um ofício, e ele resolveu que o negócio dele era ser motorista. Ganhou uniforme, camisa de brim – que gostava de deixar desabotoada no peito, sentindo o vento refrescar a pele. Ei-lo motorista de ônibus: o motor ronca o dia inteiro, a marcha arranha, a máquina geme e range. Manuel Benjamin vive em seu mundo de engrenagens, rodando nas ruas e avenidas, engolindo fumaça, cuspindo o gosto de óleo, a língua áspera umedecendo os lábios ressequidos pela poeira.

Manuel Benjamin: mais um cidadão anônimo desses com os quais a gente cruza sem reparar, sem prestar atenção, sem dizer um boa-noite, um bom-dia, um até logo. O negócio dele é volante, câmbio, embreagem, breque, marcha reduzida, olho no espelho retrovisor, hora extra, e no fim da jornada os passos soando na rua, o cachorro latindo, ele chegando em casa moído quase sem ânimo para nada.

Enfim, a história sem graça de mais um Manuel.

Domingo passado à tarde caiu um toró. Chuva rápida e violenta que em poucos minutos transformou avenida movimentada de São Paulo em rio. Na enxurrada impetuosa, começaram a navegar automóveis com adultos desorientados e crianças apavoradas. Conforme a água rolava os carros se batiam, sem controle e sem governo.

Um ou outro com mais sangue-frio saltava na enxurrada, abandonando os automóveis à deriva.

Nessa hora vinha passando Manuel Benjamin com seu possante ônibus, que com galhardia topava a parada das águas. Manuel Benjamin espiou, tomou tento da situação, percebeu logo que aquele drama de gente apavorada não demorava muito ia acabar em tragédia. Bem ali à frente, o viaduto estrangulava as águas e ajudava a formar um lago traiçoeiro. Manuel Benjamin raciocinou com a rapidez de um corisco riscando as nuvens: esterçou para a direita, manobrou, atravessou o ônibus na pista como um parapeito salvador, estacando na raça e na coragem a descida dos automóveis que boiavam com sua tripulação de desesperados.

O ônibus de Manuel Benjamin salvou a pátria. Manuel foi ver se havia alguém machucado. Ninguém. Todo mundo salvo do naufrágio urbano, graças à perícia e à amizade daquele homem de camisa brim aberta no peito, sobrancelhas grossas, bigode sem trato nem luxo – um motorista de ônibus da cidade.

A chuva passou depressa, a avenida esvaziou da água. Manuel Benjamin engatou a primeira, suspirou aliviado, foi acabar de cumprir sua faina e seu percurso na Viação Nações Unidas.

Quando perguntam por que acredito com fé e emoção nesta cidade, respondo que o cimento, o ferro, o aço, a fuligem, a fumaça, o cansaço e a luta não bastam para destruir o homem.

O homem é nossa esperança.

Deixa o povo te abraçar, Manuel Benjamin Pereira.

24/2/1976

Preto, surdo, mudo. *Parla, farabutto!*

Como os melhores uísques, Alexander Graham Bell também era escocês. Nada prova, porém, que a marca Bell's seja uma homenagem póstuma ao notável físico e filósofo, que dedicou parte de sua vida ao ensino dos surdos-mudos.

De tanto lidar com surdos-mudos, Graham Bell acabou inventando o mais perfeito aparelho capaz de, dependendo das circunstâncias (chuva e intempéries, por exemplo), não somente não falar, como não ouvir e, também, se desligar completamente.

Nessa altura qualquer leigo já sabe que estamos falando do telefone.

Graham Bell inventou o telefone.

Se isto aqui fosse o programa do Silvio Santos, a resposta estaria certa e valeria pelo menos duzentos pontos. Mas acontece que esta coluna é mais ou menos como a TV Cultura: a gente tem de explicar as coisas.

A primeira dúvida que assalta o assinante das listas telefônicas amarelas é se Graham Bell teve sempre aquelas barbas brancas que às vezes o confundem com o imperador Dom Pedro II.

A resposta da produção do programa é: não. Houve tempo em que Graham Bell não tinha barbas nem bigodes.

Foi nessa época que Graham Bell imaginou um programa de rádio em que os ouvintes pudessem pedir suas músicas preferidas. Para facilitar a vida dos *disc-jockeys*, nada mais prático que inventar um mecanismo que permitisse falar à distância, utilizando impulsos elétricos. Então Graham Bell se fechou num quarto e começou a juntar as peças de todos os feitios, amarrando tudo com fios. Quando a máquina ficou pronta, Graham Bell descobriu que era o único sujeito naquele país que tinha um telefone.

Mas um telefone só não dá papo. Então Graham Bell deu um murro na mesa e berrou:

— *Parla, farabutto!*

(Graham Bell era educado, só falava palavrão em italiano.)

Imediatamente o telefone tocou, para espanto de Graham Bell (que não tinha dado um murro tão forte assim). O escocês atendeu:

— Graham Bell, às suas ordens.

— Aqui quem fala é o Elisha Gray.

— Quem?

— O Elisha Gray. Acabo de inventar o telefone.

— Perdão, você está enganado. Quem inventou o telefone fui eu.

— Sinto decepcioná-lo, mas o inventor sou eu. Aliás, estou falando exatamente de um orelhão no quintal da minha casa.

— Escute aqui, Elisha, brincadeira tem hora. Faz quatro meses que estou aqui quebrando a cabeça, juntando peças e fios, e você agora vem me passar trote? E meu trabalho, não vale nada? Queimei as pestanas, meu caro! Não tive tempo nem de fazer a barba.

(Graham Bell já era barbudo.)

— Olhe, Graham, eu sei que isto é chato, mas esse seu aparelho é clandestino. Vou mandar a companhia telefônica em sua casa fazer uma verificação. Quem bolou o telefone fui eu.

— Elisha, desse jeito vamos acabar cortando a ligação. Proponho que a gente consulte amigavelmente a telefonista de informações.

— Qual é o número?

— Acho que é 101.

— Esse é o interurbano.

— Então é o 102.

Discaram.

— Aqui em São Paulo está um frio incrível, e aí?

— Queridinha, você não podia ter perdido a festa.

— Hoje cedo adivinha o que eu fiz?

— Amorzinho, você precisa saber o que comprei hoje.

— Marcelinho, vá já pra cama!

— Qual a tua, gata? Estás a fim de um jantar à luz de velas?

Graham Bell, apavorado:

— Elisha, você ouviu o que estou ouvindo?

— Isto é uma loucura! Acho que botei uma manivela a mais em meu aparelho.

— Já imaginava. Você não tinha nada que meter o bedelho na minha invenção. Acho melhor desligar.

— Desliga você.

— Desliga você.

— Eu liguei primeiro.

— Sem essa. Desliga você.

— Primeiro os mais velhos.

— Então vamos fazer o seguinte: desligamos juntos. Aí depois a gente liga de novo. Quem conseguir falar primeiro fica sendo considerado o inventor do telefone. Topas?

— Topo.

— Desligaram. E tentaram ligar de novo. Mas como todas as linhas estavam sobrecarregadas, e havia defeito na estação, e as telefonistas não atendiam, e o número dava sempre ocupado, tanto Graham Bell como Elisha Gray nunca mais se falaram e foram obrigados a entrar com uma ação na justiça que se arrastou por longo tempo.

Finalmente veio a decisão: Graham Bell foi reconhecido como o inventor do telefone — e, portanto, culpado.

Depois disso, para se penitenciar, Graham Bell aperfeiçoou o fonógrafo de Edison e inventou o disco de cera.

Mas os brasileiros nunca o perdoaram.

Cem anos depois, em todos os lugares deste país, sempre há alguém berrando e dando murros na mesa:

— *Parla, farabutto!*

10/3/1976

Episódio com papagaio de estimação

Era o único papagaio da rua e gozava por isso de consideração especial. A vizinhança estimava-o. Mais que isso: tratava-o como mascote do quarteirão. Bastava passar diante da porta da casa; não havia quem não perguntasse:

— E o louro?

— Uma beleza!

— Faz tempo que não vejo o malandro.

— Espia só.

Um que tratava, outro que saía, a casa sempre freqüentada pelos amigos do papagaio e da família.

De manhã cedo o louro permanecia empoleirado na pequena plataforma de zinco fixada no muro. Era verde, gordo, de bico grosso, os artelhos calosos.

— Dá o pé, louro.

— Café, dona.

Sabia se virar o louro: pedir café, água, bóia, grude, dinheiro.

— Nota, dona.

As pessoas riam de suas gracinhas. O papagaio ficava sério. Tombava a cabeça, desafivelava os olhos, esticava o pescoço. Estranhava os estranhos, porém logo se familiarizava, abria o bico.

— Que bico mais falador. Como a senhora conseguiu?

— Ele aprende de ouvido. Tudo que escuta, grava. Papagaio deve ter fita cassete na cabeça. Parece.

Trânsito livre pela casa. Aí pelo meio-dia, quando o sol esquentava, ele descia pela corrente e passeava no quintal. Subia a escada, entrava na cozinha, ajeitava em cima das almofadas da sala. Gingava nas patinhas, andar de malandro finório. Dava a impressão de que estava brincando, sem perder a dignidade. Orgulhoso, sobranceiro. Comia de umtudo. Triturava biscoito, bicava verdura, traçava banana, engolia feijão e arroz. Queriam vê-lo feliz era dar marmelada cascão. Não sossegava enquanto não limpava o bico de qualquer restinho.

Cantor. Uma de suas maiores especialidades era aquele samba do Vinicius.

– Canta, louro.

"Tristeza não tem fim... Felicidade sim".

Só sabia esses versos, mas era afinado, quase sentimental.

O resto eram músicas de Lupicínio e Adoniran Barbosa. Passava horas trauteando "Saudosa Maloca", embora fazendo alguma confusão. De qualquer forma os ouvintes encanta-vam-se. Prodígio de papagaio. Caso raríssimo de memória musical e ouvido temperado. Vinha gente de longe apreciar. Um búlgaro e sua mulher de meias brancas – quase tão raros como o papagaio – se impressionaram de tal forma que chegaram a oferecer um violino em troca do assombro. A proposta, comentou-se, foi repelida com repulsa e indignação. Prata da casa, cria de família, seria o mesmo que entregar o ouro.

Tanto mais que os macetes não se encerravam aí. O artista assobiava, imitava galinha e gritava gol!

Todas as noites o filho solteiro, ou mesmo o pai, recolhia o papagaio para dentro da casa, acomodando-o no suporte roliço onde devia cochilar. Não cochilava, porém. Conforme se apurou mais tarde, o papagaio aproveitava a penumbra para prestar atenção aos murmúrios que chegavam da sala, o televisor ligado. A custa desses serões solitários passou a dominar sons diferentes, que juntava para formar novas palavras.

Certa vez, em meio à surpresa geral, ensaiou: – Sabãoempó.

Outra vez, pronunciou claramente: — Évocêquerida?

A família, deslumbrada, riu satisfeita: — Esse louro não tem jeito! Coisinha esperta!

Engasgou um pouco para dizer: — Bipartidarismo.

Outra palavra que decorou: — Cassação.

Essa nem a família conhecia direito. O marido tentou explicar o que era, desistiu na metade.

A mulher, desconfiada, levantou uma dúvida pertinente:

— Vai ver que o louro anda lendo jornal. Já falei para não botar a semente de girassol em cima de jornal.

— Deixa disso, mulher. Papagaio não lê.

— Por esse não boto a mão no fogo.

E o louro, lá da cozinha:

— Cassação! Cassação!

A família vendo o filme. A filha, emburrando:

— Eta papagaio escandaloso!

Grito na garganta:

— Cassação!

O pai, remexendo-se no sofá:

— Está indócil. Deram janta pro louro?

— Não, estava esperando você. Se não sou eu dar comida pra ele, morre de fome.

— Vamos assistir ou vamos desligar?

— Respeito, hem, cara!

Um engulho sufocado, bater de asas:

— Cassação!

Pai e filho deram um salto, correram pra cozinha.

Estava lá o louro caído de costas, penas pelo chão, o gato fino passando como azougue pelo vitrô — nada mais que uma sombra ágil e fugaz.

Levantaram o papagaio, as mulheres chorando, o filho escancarando a porta para tentar acertar com a vassoura o gato invasor e cruel. Em vão. O papagaio havia sido derrubado, levara unhadas, sua cabeça estava ferida. Deram água, passaram mercúrio-cromo. A língua grossa e preta tremia. A mãe achou que era caso de veterinário. O pai rebateu: – Vamos deixar em observação. Se amanhã não estiver bom, a gente leva no pronto-socorro.

A mulher, limpando os olhos:

– O que será que ele queria dizer com aquilo?

– Aquilo o quê?

– Aqueles gritinhos – Cassação?

– Sei lá. Papagaio fala demais.

31/3/1976

Em terra de cego quem tem tomate é rei

Nesse dia anunciou-se a vinda de Totonho, e houve tremores e ranger de dentes. Mães corriam a arrancar os filhos na rua. Cavalos relinchavam, inseguros e arrepiados. Notava-se no olho da população o brilho da aflição. Totonho, apesar do nome simpático, tinha má fama. Fora intimado a comparecer. E estava vindo. Como uma sombra escura, percebia-se sua presença cada vez mais perto, alongando-se naquele silêncio que doía nos ouvidos assustados.

Totonho não fazia amigos. Dele se contavam apenas histórias que acabavam em desgraças, horrores e safadezas: Totonho cruel, impiedoso, insensível e grosso. Onde pisava nascia dinheiro, mas só ele apanhava as notas. Estava rico, podríssimo de rico, e todavia não cessava de enriquecer. Fugido, morava em toda a parte e em lugar nenhum. Era passageiro, impalpável, transparente e incolor. Os que se viam colocados à sua frente, à força, fechavam os olhos para não vê-lo nem reconhecê-lo. Encarar Totonho era perigoso. Ameaçava as viúvas, as virgens, os velhos e as crianças que mamavam nos peitos.

E Totonho estava chegando.

Tinha de acontecer um dia. As pessoas sabiam que mais cedo ou mais tarde Totonho apareceria, mas ninguém queria que esse dia chegasse. No boteco, na barbearia, na farmácia, lugares sem compromisso onde costumam se reunir os bêbados, os achacados e os valentes, ouviam-se arrotos de gana de pegar Totonho.

Ah, se ele aparece por aqui!

Prometiam trucidá-lo, fazê-lo em picadinhos. No fundo

imaginavam que Totonho não teria coragem de dar as caras. Sua existência era certa, seus malefícios comprovados, pernicioso como ele só, mas Totonho nunca estava ali, naquele lugar e naquela hora, nem nas imediações. Totonho sempre distante, longínquo, operando os cordéis. Mandava fazer, pintava e bordava, sem aparecer.

Agora Totonho estava chegando. Recebera intimação e vinha a descoberto. Talvez por baixo do paletó, do gibão, da armadura trouxesse o arsenal de armas mortais. E que armas! Nenhuma negava fogo. Pum, caíam dois. Não errava tiro. A violência curtida no silêncio e no isolamento. Totonho estava chegando. As mulheres fechavam as janelas e venezianas, corriam as cortinas. Totonho revestido de aço inox, colete à prova de bala, pronto para o que desse e viesse.

O verdadeiro bicho-papão. Peludo, dentes de serra, Totonho megero espalhando o fétido cheiro de corrupção e força. Caminhava sem se fazer sentir, sorrateiro, pisa-mansinho.

Garganta seca, angústia latejando no peito, já se erguiam no ar apelos para que se cancelasse a intimação, a fim de que o povo se poupasse de ver a horrenda figura, que tirava o sono das crianças e perturbava os adultos. Tarde demais. Totonho estava vindo. Terrível, monstruoso, inflexível.

Parlamentares aguardavam Totonho, para acabar com suas bravatas.

E Totonho chegou – tão diferente do que o imaginavam. Terno de alfaiate, óculos de aro claro, camisa social de punhos largos, abotoaduras, relógio grande e pesado com mostrador exagerado, pulseira brilhante, gravata, sobrancelhas grossas, cabeça marcada por uma baía de calvície, cabelos ondulados nas têmporas, entroncado. Visto de longe, nunca que parece o Rei do Tomate. Totonho, o gordo atravessador de produtos hortigranjeiros do país.

Que faz o perigoso Totonho perante os parlamentares? Confessa ser atravessador com muita honra, e até ajuda o país a crescer, pois sem o atravessador o tomate nunca que chegaria à salada da dona-de-casa; e que ele no ano passado perdeu 200 mil; e que este ano já ganhou 700 mil; e que não paga imposto de renda porque é agricultor e tem nove filhos. E falando vai-se comovendo, até romper em lágrimas. Puxa do bolso o lenço branco, funga, assoa o nariz, soluça e geme. Totonho, o Rei do Tomate, quem diria – chorando!

Parlamentares tremem de emoção. Alguns ensaiam biquinho, ameaçando acompanhar Totonho no choro. Ao final do depoimento, não se contendo de entusiasmo, alguns representantes do povo se levantam de suas cadeiras e improvisam uma homenagem a Totonho, que por modéstia recusa ser carregado em triunfo.

Na platéia, os consumidores de tomate olham aparvalhados.

Por essa e por outras é que a chanchada continua sendo a grande vocação nacional.

14/8/1976

E como dói!

Era uma dor cachorra. Tão difusamente ela se enroscava nas entranhas que o homem não sabia se devia senti-la no ventre ou na região lombar. Lembrava uma dor encruada, remoída, feita de vinganças. Entre os suores frios que pingavam do nariz, uma das frases que o homem pronunciou – gemido e urro – dava bem o tônus do suplício:

– Vou dar à luz!

De fato, tinha cambiantes de dor de parto. Fisiologicamente era improvável que o escriturário estivesse grávido, mas em certos momentos a prática desmente a teoria. Daquela dor monstruosa e irascível podia sair tudo, até um feto.

Ele agüentou até onde deu, como um espartano de salário-mínimo. Mas houve um momento em que pediu o urinol:

– Quero urinar.

Levou um susto. O líquido escorria pardo.

– Ana Helena, você está vendo?

– Sim, Afrânio! Vamos chamar o médico.

– É melhor um táxi.

Pegaram o táxi e foram para o Hospital do Servidor. Manhãzinha. O sol abria réstias de fogo no horizonte. Alguns pardais titicavam. O outono derrubava folhas no passeio.

O homem chegou com os olhos lacrimejantes, amparado pela fragilidade da mulher.

– Ana Helena, explica meu caso pro moço.

Ana Helena contou aflitinha o desespero de ver seu marido rolar na cama como um possesso, aquela dor estranha e repentina aumentando cada vez mais, ele dizendo que ia morrer, ela dizendo calma Afrânio, a vontade de vomitar, o intestino preso, a corrida ao banheiro, a dilaceração, um horror. Um médico, por favor. E com urgência.

O atendente piscou o olho.

— Vamos marcar uma consulta...

Afrânio suspirou.

— ... para daqui a quarenta dias.

Ana Helena pensou ter ouvido mal.

— O senhor quer dizer daqui a quarenta minutos.

Afrânio, engasgando no soluço:

— Eu não agüento nem quatro minutos.

O atendente tornou a piscar o olho.

— Não precisa afobar. Lembre-se de que o senhor acaba de chegar.

Afrânio, tentando argumentar com desespero:

— Acabo de chegar com uma dor federal. Estou entregando os pontos.

— Pontos é com uma cirurgia. Outra coisa: federal aqui não tem vez. O hospital é estadual.

— Tô sabendo. Pago contribuição todo mês.

— Todo mundo paga. Não me venha falar em privilégios.

— Moço, acredite, meu marido não é de fazer chamego. Essa dor dele não é dor de chá. O senhor veja se arruma aí pelo menos um enfermeiro para aplicar uma injeção nele.

— Injeção sem receita, onde já se viu!

— Então providencie também uma receita.

— Com essa exigência ainda vão acabar pedindo um médico.

— Pode vir um residente mesmo.

— Ah, vou acordar os meninos!

Nesse momento Afrânio solta um berro.

O atendente fica de cabelos em pé.

Ana Helena, chorosa:

— Calma, Afrânio!

— Ana Helena, a dor está voltando pior.

Aproxima-se uma velhinha com um xale na cabeça:

— O moço aí está sentindo alguma coisa?

— Dá a impressão de que está, vovó. A senhora tem alguma sugestão?

— Não, era só pra saber. A gente vê cada coisa.

Chega precipitadamente um senhor de branco. Todos abrem alas. Um violão em surdina toca "Saudades do Matão". A criatura abaixa-se, estende Afrânio sobre uma maca. Asculta-lhe o peito, apalpa-lhe as vísceras, observa-lhe as pupilas. Sentencia:

— Litíase do aparelho urinário. Caso típico de concentração composta de elementos cristalinos ou amorfos, geralmente com um núcleo de constituição coloidal.

— Que tipo de constituição, doutor?

— Coloidal.

— Doutor, seja franco: eu estou com algum Ato Institucional na barriga?

— A dor é de exceção, mas não chega a tanto. O senhor está com cálculo renal. Pedra nos rins, para ser mais claro. Aliás, essa pedra deve estar na uretra. A radiografia dirá.

O atendente piscando o olho.

— A gente marca a radiografia para daqui a quarenta dias.

— E veja também um exame de laboratório. Precisamos investigar se é oxalato de cálcio, carbonato ou fosfato.

O atendente piscando o olho.

— O material a gente recolhe hoje. Claro, se o paciente concordar. O resultado pode vir buscar daqui a quarenta dias.

Afrânio, ligeiramente chateado:

— Escute, cidadão, acaso vocês aqui trabalham só em regime de quarentena?

(Sobe o som de "Saudades de Matão".)

A velhinha de xale:

— Entrementes, o senhor pode tomar infusões de quebra-pedra e barba-de-milho.

Atendente piscando o olho (pela última vez):

– A gente está aqui preocupada com a situação nacional, e vem esses caras com pedra no rim criando caso. Sai, bofe!

(Baixa o som de "Saudades de Matão".)

Afrânio, delicadamente:

– Afinal, o que é que está acontecendo neste hospital?

A velhinha de xale:

– Ainda bem que o senhor não perguntou o que está acontecendo fora do hospital.

3/4/1976

Reles inventário do ofício

Quando meu pai morreu, ele pensava que eu iria ser advogado. Morreu enganado. Não fiz por mal. Nunca tive coragem suficiente para desgostá-lo e dizer que me aborreciam profundamente aqueles grossos livros de Direito Público e Privado. Nem nunca me animou a idéia de que, algum dia, eu devesse tentar seduzir os jurados convencendo-os de que o réu era inocente. A tribuna, qualquer uma, não me empolga. Não gosto de convencer as pessoas. Acho as leis enfadonhas. Os artigos e parágrafos me aborrecem. Meu pai pensava que eu estivesse mergulhado nas sonolentas aulas da velha academia, ao passo que seu filho enveredara por outros domínios e capinava em outros territórios.

Quando ele morreu e eu o velava pela última vez na solidão da noite, passei as mãos por seus cabelos ralos e na frieza de sua testa larga depositei o beijo confidente que esclarecia minha angústia. Tenho certeza de que ele entendeu plenamente o recado que então lhe dei.

Mentira se dissesse que ele moveu um músculo sequer. Continuou hirto, hierático, melancolicamente quieto. Concluí que quem cala consente. Eu estava perdoado, ele satisfeito. Concedera-me, naquele instante definitivo, o alvará para buscar meu destino neste ofício extremamente volátil que é fazer jornal.

Aqui, no ramo, conheci pessoas inesquecíveis e descobri a paz da madrugada. Aprendi a sentir de longe o cheiro das meninas fabris que enfrentam o sereno e os teares, urdideiras das estrelas e artesãs do luar. Cortei um doze, como se dizia nos velhos tempos. Velejei de bonde por essas ruas sem fim e cumpliciei-me com os melhores bêbados da cidade. Fiz todos os horários possíveis e imagináveis. Discuti filosofias sentado no meio-fio e bebi suadas cervejas ao som dos programas de tango e bolero. Li e reli telegramas de todas as partes do mundo. Corrigi textos de repórteres exigentes e ouvi em primeira mão as manchetes do dia seguinte. Fiz esplêndidas notícias que deixaram de ser aproveitadas por se verem suplantadas e superadas pelos acontecimentos. Apurei os critérios estéticos lendo os originais de Manuel Bandeira que chegavam em papel fino e branco. Fiz novas matérias com velhos recortes. Suei e padeci como gente grande.

Em todos estes tempos gloriosos ou amargos só tenho aprendido coisas. Vi companheiros resistentes tombarem em diversos feitios e, a alguns, até ajudei a conduzir ao derradeiro abrigo. Habituei-me ao doloroso transe e hoje suspeito que a morte já não me sobressalte como à maioria das pessoas. Diria quase que estou preparado para ir.

Padeci, de resto, insuportáveis dores-de-cotovelo, todas por motivos que reputava fundamentais. Até que me fixei numa dor única, imensa e sem alternativa. Quanto a doenças, que me lembre, nem bichas. Uma vez, não faz tanto tempo isso, imaginei uma úlcera no cólon ascendente, atributo para ninguém botar defeito. O médico me desiludiu: minhas úlceras residem todas no coração. Meses a fio passei diluindo na abóbada palatina pastilhas digestivas.

No batente perdi parte dos cabelos e parte da paciência. Porém nunca perdi totalmente as ilusões íntimas, que são como as jóias da família: o máximo que fiz foi pô-las no prego por alguns momentos.

Meu pai devia ter sem dúvida sérias razões para me querer fora desta doce loucura que é a imprensa dita saudável, mas os filhos gostam de viver suas próprias experiências e mergulhar no barato da curiosidade. Creio que às vezes o velho deve olhar-me lá dos parâmetros onde se encontra e indagar-se a si próprio se eu não fiz aquilo que, em língua bem terrena e bem chã, se chama grossa burrada. O velho deve perguntar-se se nesta profissão há qualquer possibilidade de romper as cadeias que condenam a vítima ao pesadelo de dar, todos os dias, satisfações de seu estado d'alma. Pois que outro nome dar a isto de meter-se diariamente pela soleira da porta, ou deixar-se ficar humilde na banca, aguardando que a mão peluda ou macia nos agarre e nos conquiste?

Todos os dias somos um pouco consumidos com a tinta e o papel desta folha.

A imagem reconhecidamente não é minha. O poeta Célio Vieira, que foi um dos nossos, já a expressou antes e melhor. Mas hoje me deu vontade de reprisar a idéia. Somos vendidos todos os dias, e todos os dias somos entregues em domicílio – entre o leite e o pão. Embora prosaico, emociona saber que o leitor que nos expele é o leitor que mais nos devora.

14/4/1976

A cidade perdeu o bom ladrão. Restam os outros

Fiquem sossegados, não vou fazer a apologia do crime. Eu sou o que se chama um rapaz de boa família, embora não esteja tão seguro se isso é uma credencial ou uma agravante. Direi, pois, simplesmente: quando soube que Meneghetti havia morrido, fiquei tão triste como no dia em que a cidade perdeu Piolin.

Era domingo, estava lendo o livro de Miroel Silveira *A contribuição italiana ao teatro brasileiro*. Parênteses. O livro de Miroel é uma brilhante tese e um meticuloso e paciente trabalho de pesquisa. E isso, e muito mais do que isso. *A contribuição italiana ao teatro brasileiro* é o resultado de um amadurecido e fecundo processo de amor, cuja emoção transpira em cada página. A mim pessoalmente, que me cevo nas imagens desta cidade, foi impossível deixar de me comover, à passagem de tantos figurantes, como o sapateiro Barbastéfano e sua delicada filha Deolinda, ele um dos personagens criados por Nino Nello. Ou melhor o impagável Nino Nello, que é como se dizia nos cartazes coloridos do demolido e sempre de pé Teatro Colombo.

Estava assim revivendo, remoendo lembranças da primeira infância povoada pela figura do fazendeiro caipira sem dentes que nos intervalos dos atos cantava canções napolitanas, quando chega a notícia: Meneghetti morreu.

Imediatamente me lembro de Piolin.

Meneghetti e Piolin eram rigorosamente da mesma escola.

As pessoas que não se deixam levar pelas aparências sabem do que estou falando. As crianças também.

Um era o fino palhaço, gabado pelas frisas, pelas gerais e pela intelectualidade da época em que os intelectuais iam ao circo, festejado na Semana de 22 e transformado em tela, cinco anos após, pelo pintor Reis Júnior – que teve a delicadeza e o cuidado de ser fiel à grossa bengala, ao colarinho largo e ao chapéu coco derrubado no chão do picadeiro.

Já o outro era o ladrão sagaz e atrevido, volátil e imponderável, que galgava as janelas e as manchetes dos jornais e brincava de esconde-esconde com a polícia. Vergonha da colônia italiana que ascendia, Meneghetti foi adotado pela malandragem brasileira, que admirava os métodos quase científicos e sofisticados do esplêndido gatuno.

Um e outro sempre divertiram a cidade, embora com métodos e princípios diferentes. Na verdade, Piolin e Meneghetti eram espíritos gaiatos do mesmo saco de Nino Nello. Apenas que Meneguetti cobrava pessoalmente os ingressos, cuidava da renda bruta da bilheteria e dos objetos do proscênio, e ainda se incumbia de avisar onde seria levado o próximo espetáculo. Foi um artista tragicômico, que viveu seu papel no palco da vida. Melodramático, sem dúvida, mas adequado a um tempo que permitia estrelas no céu.

Se a polícia paulista tivesse razoável senso de humor mandaria, sem nenhum desdouro, erigir discretamente um busto de bronze a esse ladrão anárquico e libertário, que aceitou o jogo bruto da lei e da ordem usando unicamente a manha e os bigodes. Quem, mais do que Meneghetti, colaborou para aprimorar e pôr à prova os métodos de vigilância policial neste país? Basta ver aquela foto de 1947 em que Meneghetti aparece lanhado de equimoses, após haver enfrentado em campo aberto gente que não brinca em serviço. Lá está a face do homem dilacerada: mas não se nota em seus olhos inchados a névoa do pavor, nem ali se desenha a mais leve expressão de ódio ou ressentimento. Meneghetti sabe que havia perdido a batalha e estava sendo preso mais uma vez. Mas havia uma margem de segurança em torno de sua figura. Meneghetti participava do terrível jogo e tinha certeza de que não o matariam.

Não o mataram nunca. Morreu na cama, como um avô.

Confinado quase vinte anos numa cela solitária, atrocidade espantosa, bicho acuado entre quatro paredes de úmido cubículo, sua voz ainda tinha forças para romper porões, seu brado era um fecho de luz na escuridão e um anátema à desumanidade:

— *Io sono un uomo*!

Quando o acusavam de tudo — menos de haver matado alguém ou sequer carregado outra arma que não os indispensáveis petrechos de sua mal entendida sina (uma gazua, um pé-de-cabra, uma chave-mestra) — ele tinha a grande justificativa:

— Jamais roubei dos operários.

E pensar que há tanto ladrão solto por aí, que não faz outra coisa!

Meneghetti especializou-se seriamente numa profissão liberal não regulamentada, tentando dignificá-la. O mais que conseguiu foi subir ao Gólgota e receber o alvará de entrada no Reino dos Céus, como um puro, não sem antes dar um tapa na face da sociedade incapaz de recuperar, e um drible na polícia incapaz de prevenir. Meneghetti foi o último dos grandes ladrões, assim como Piolin foi o último dos grandes palhaços, e Nino Nello foi o último dos fazendeiros caipiras com cafezal no largo da Concórdia.

Morreu o bom ladrão. Os demais continuam soltos por aí.

Claro que — sem nenhuma maledicência — Meneghetti só conseguiu ultrapassar a casa dos noventa anos porque foi suficientemente esperto para anteceder o Esquadrão da Morte. É, portanto, de uma época anterior à nossa, quando a polícia não atirava para matar.

Por isso ele pôde nos divertir. E por isso, apesar de suas estripulias, dos cofres arrombados, das jóias surrupiadas, de seus vôos pelos telhados nas noites de garoa, jamais Meneghetti cometeu a covardia de assustar uma dama ou fazer chorar uma criança.

Digo, pois, simplesmente: um cara de caráter, um rapaz realmente de boa família, teria deixado os pruridos de lado e estaria presente ao sepultamento de Meneghetti, amparando com respeito a alça de seu caixão. É o mínimo que se pode fazer por um homem.

25/5/1976

Uma borboleta não é uma mariposa

As borboletas têm olhos grandes. Eu nunca havia reparado nisso. Quem me chamou a atenção foi o Major. Major era o apelido do homem que morava no casarão cinzento cercado de jardim. Tinha ares e atitudes civis e, como nunca o vi fardado, Major era apenas um título de respeito. Raramente aparecia à janela ou saia à rua, mas diversas vezes foi visto entrando no Buick preto com seu estranho instrumento: a rede de caçar borboletas. Colecionava-as, fiquei sabendo mais tarde por sua própria boca.

Tinha uma mulher linda, e vou descrevê-la: a cintura era bem fina e seus seios redondos, levemente achatados nos pólos, como aprendíamos na aula de geografia. Os olhos verdes, mas não desbotados; lembravam a cor da samambaia na primavera, porém brilhantes. Tinha todos os dentes da frente perfeitos, embora se dissesse que um era pivô. As orelhas dissimulavam-se com discrição sob os cabelos de cobre e a barriga da perna era carnuda, sem ser exagerada.

Não sei se estou dando uma idéia exata de como era perfeita a mulher do Major. Faço o possível, embora nunca a tenha visto pessoalmente. Imaginava-a assim. Lembro-me dela na fotografia, de maiô, o mar do Gonzaga ao fundo. E estava, de corpo inteiro, em cima da escrivaninha do Major.

As borboletas têm olhos grandes — disse-me ele, tentando evitar que eu fizesse alguma pergunta sobre aquela senhora jovem que parecia tão próxima e ao mesmo tempo tão distante.

Coisa de doido, o Major guardava no armário de vidro variados frascos contendo larvas e lagartas. Algumas tinham aparência feroz, outras eram grotescamente coloridas. As que mais metiam asco e medo eram as de cerda negra, da grossura de um polegar. Não se moviam, deixavam-se ficar como mortas; mas o Major sabia que viviam e lhes conhecia os hábitos: alimentava-as com folhas verdes, macias, todos os dias.

Não comiam por igual. As larvas maiores apreciavam as bordas das folhas; as menorzinhas eram mais vorazes, deixavam apenas o esqueleto da folha; e havia outras que faziam apenas furos, como bordadeiras. Um dia serão todas borboletas – disse o Major – e sairão do casulo. Pois muitas armavam casulos de saliva que deixavam escapar do lábio inferior.

As borboletas nascidas em cativeiro borboletavam no jardim, junto com aquelas que o Major capturava no campo. Viviam livres e gostavam do lugar.

"Não fogem?", perguntei.

"Não" – respondeu. "As borboletas se afeiçoam às plantas e às pessoas. Elas estimam a mão que as afaga, e são alegres. As borboletas são alegres."

Também nunca havia reparado nisso. E me voltou a imagem da mulher da foto: ela estava triste. Devia ser um dia de sol, céu azul, mar tépido e sensato, e o Major certamente sorria ao segurar a câmera fotográfica na praia vibrante de banhistas e vendedores de refresco, mas a mulher estava triste. Uma tristeza disfarçada, tênue e recatada, mas conseguira impregnar a emulsão do papel e sensibilizara a película. Com tristezas assim, convém tomar cuidado.

O Major desconfiou que eu estava pensando estas bobagens e tratou logo de mudar de assunto. Veio pra cima de mim com histórias de lepidópteros, que é o nome feio com que se xingam as borboletas. E me contou este fato espantoso: é muito difícil diferenciar as borboletas. Sua identificação é quase sempre errada, pois elas parecem semelhantes apenas superficialmente. Se o sujeito não for experiente acaba se dando mal.

Veja as nervuras das asas, por exemplo. É um pormenor fundamental. Pega-se uma borboleta adulta em bom estado de saúde e pede-se a ela que se deite de costas, com as antenas para cima, de modo a deixar bem visíveis as peças bucais, as patas e o abdome. Depois, com muito jeito para não ferir, raspam-se delicadamente algumas escamas da face interior da asa para descobrir os pormenores da nervação.

Entender borboleta, só prestando atenção nas nervuras.

O Major queria fazer uma demonstração prática para me revelar a diferença entre uma borboleta verdadeira e uma mariposa — mas achei totalmente desnecessário. Ele percebeu que eu nem mesmo estava interessado em sua coleção particular, fechada em gavetas, e daí para frente esfriamos as relações.

Por falar na mulher do Major, creio que me enganei totalmente. Ela nem estava triste, nem era sua mulher. Apenas uma amiga — murmurou ele, quando passamos novamente em frente da escrivaninha e do retrato, e viu meu olhar deslumbrado. Mas pelo tom amargo de sua voz senti que mais difícil do que lidar com borboletas e mariposas é decifrar o mistério das mulheres, todas tão parecidas — e todas absolutamente diferentes.

2/6/1976

Indiscrição sobre o falecido Ringo

Ringo morreu e foi enterrado. Pouca gente conheceu Ringo de nome, o que pode comprometer sua memória, pois Ringo é apelido de pistoleiro. Mas Ringo, o morto, não portava armas. E no entanto pertencia à Polícia Militar e até caçava criminosos. Foi numa dessas caçadas que uma cascavel o mordeu na perna. Ringo soltou um gemido, e não falou nenhum palavrão. Outra coisa que Ringo não fazia era falar palavrão. O veneno da cobra logo penetrou no sangue de Ringo, que começou a arfar e a ficar com os olhos vidrados e mortiços. Sua língua úmida pendeu e seu pêlo se encharcou de suor. Embora socorrido por seus amigos – como se sabe, o melhor amigo do cão é o homem – não houve jeito de salvá-lo. Os movimentos de seu pescoço tornaram-se cada vez mais difíceis, suas pernas enrijeceram e Ringo passou desta para a pior.

Os cães quando morrem não têm futuro.

Ringo morreu no cumprimento do dever e foi enterrado com solenidade. Seu corpo foi transportado num carrinho de mão, desses utilizados para carregar tijolo e areia, e a corporação dos amigos de Ringo fez um minuto de silêncio.

Após o que, jogou-se terra sobre a sepultura.

Claro que nem me passa pela cabeça fazer aqui o necrológio de Ringo. Devo, porém, deixar cair duas ou três palavras sobre esse cachorro que morre na flor da idade, cortada melancolicamente uma carreira promissora em defesa da lei e da ordem. Eis o que quero dizer: Ringo não era arbitrário, nem violento. Antes de fazer esta declaração pública, procurei me informar com gente séria. Todos, sem exceção, foram unânimes em elogiar o bom coração de Ringo, sua ponderação, seu tato no convívio com a população, e seu faro. Verificamos a ficha de Ringo: limpa. Nunca mordeu ninguém, embora tivesse dentes afiados e caninos firmes. Latia pouco, sem bazófia. E rosnava unicamente por justa causa ou em legítima defesa. Obedecia sem ser subserviente e tinha noção de seu valor e dignidade. Nunca permitiu que o tratassem como cachorro, mas sim como a uma criatura viva, à semelhança dos praças, cabos e sargentos.

Acho isto muito bonito da parte de um animal e estou feliz por saber que a Polícia Militar cultiva gestos singelos e puros, como esse de honrar seu fiel cão com um minuto de silêncio completo – e não como se faz aos cartolas do futebol. Afinal, Ringo foi útil, honesto, correto e dedicado. E econômico. Não deixa sequer a obrigação de pagar aposentadoria a seus descendentes. Por falar nisso, teria Ringo família, ou seria um solteirão, órfão de pai e mãe? Teria algum amor regulamentar, ou manteria sufocada uma paixão para melhor se dedicar ao cumprimento do dever?

Ringo era muito discreto, quase não revelava essas coisas. Sem dúvida gostava de crianças, demonstrava-o francamente quando ia às escolas fazer exibições educativas. Era bom de acrobacias. Verdadeiro mestre, para não dizer um educador. Cordial sem bajulação, dava-se bem com as professoras, abanava o rabo aos inspetores e fazia festas aos serventes. Mas tinha uma ternura especial pelos alunos da primeira série, aqueles que chegam à escola com receio do desconhecido.

Outra qualidade que Ringo festejava: Ringo era corintiano. Descobri por acaso, aquela tarde no Pacaembu. Ringo estava de serviço pelo lado das arquibancadas e comportava-se como raro esportista – até que o juiz resolveu inverter uma falta. Nem falta perigosa era, mas Ringo não se deixava levar na conversa: conhecia a manha dos juízes. Ringo investiu, ladrando desesperadamente. A custo seu amigo conseguiu contê-lo na coleira. Percebi, ali no alambrado, que Ringo tinha razão: a barreira de quatro homens estava mal colocada. A bola podia entrar no canto do Tobias. Me deu grande vontade de latir também, alertando para a falha da defesa, mas me ocorreu que já basta a injusta fama de fanatismo que persegue os corintianos mesmo sem latir. Gritei, apenas gritei. Felizmente a bola só raspou o travessão. Respirei aliviado. E dei com os olhos de Ringo me encarando, numa solidariedade que raramente encontro nos homens. Sim, aquele cão era o Ringo, não podia deixar de ser o Ringo. Pronto, sem querer acabei contando o segredo, que só nós dois conhecíamos, embora isto só enobreça sua folha corrida. É tudo. Agora feche apenas os olhos, e não os abra mais.

23/6/1976

Já não se fazem pais como antigamente

A grande caixa foi descarregada do caminhão com cuidado. De um lado estava escrito assim: Frágil. Do outro lado estava escrito: Este lado para cima. Parecia embalagem de geladeira, e o garoto pensou que fosse mesmo uma geladeira. Foi colocada na sala, onde permaneceu o dia inteiro.

À noitinha a mãe chegou, viu a caixa, mostrou-se satisfeita, embora dando a impressão de que já sabia que a encomenda havia sido entregue.

O menino quis saber o que era, perguntou se podia abrir. A mãe pediu paciência, no dia seguinte viriam os técnicos para instalar o aparelho. O equipamento, corrigiu ela, meio sem graça.

Era um equipamento então. Não fosse tão largo e alto, podia-se imaginar um conjunto de som, talvez um sintetizador. A curiosidade aumentava. À noite o menino sonhou com a caixa fechada.

Os técnicos chegaram cedo, de macacão. Eram dois. Desparafusaram as madeiras, juntaram as peças brilhantes uma às outras, em meia hora instalaram o boneco, que não era maior do que um homem de mediana estatura. O filho espiava pela fresta da porta, tenso.

A mãe chamou:

– Filhinho, vem ver o papai que a mamãe trouxe.

O filho entrou na sala, acanhado diante do estranho. Era um boneco, perfeitamente disfarçado. Tinha cabelos encaracolados, encanecidos nas têmporas, usava Trim, desodorante, fazia a barba com gilete ou aparelho elétrico, sorria, fumava cigarros *king-size*, bebia uísque, roncava, assobiava, tossia, piscava os olhos – às vezes um de cada vez –, assoava o nariz, abotoava o paletó, jogava tênis, dirigia carro, lavava pratos, limpava a casa, tirava o pó dos móveis, fazia estrogonofe, acendia a churrasqueira, lavava o quintal, estendia roupa, passava a ferro, engomava camisas, e dentro do peito tinha um disco que repetia: Já fez a lição? Como vai, meu bem? Ah, estou tão cansado! Puxa, hoje tive um trabalhão dos diabos! Acho que vou ficar até mais tarde no escritório. Você precisava ver o bode que deu hoje lá na firma! Serviço de dono-de-casa nunca é reconhecido! Meu bem, hoje não!

O menino estava boquiaberto. Fazia tempo que sentia falta do pai, o qual havia dado no pé. Nunca se queixara, porém percebia que a mãe também necessitava de um. E ali estava agora o boneco, com botões, painéis embutidos, registros, totalmente transistorizado. O menino entendia agora por que a mãe trabalhara o tempo todo, muitas vezes chegando bem tarde. Juntara economias, sabe lá com que sacrifícios, para comprar aquele paizão.

– Ele conta histórias, mãe?

Os técnicos olharam o garoto com indiferença.

– Esse é o modelo ZYR-14, mais indicado para atividades domésticas. Não conta histórias. Mas assiste televisão. E pode ser acoplado a um dispositivo opcional, que permite longas caminhadas a campos de futebol. Sabendo manejá-lo, sem forçar, é bom companheiro para crianças. Mas não conta histórias, e não convém insistir, pode desgastar o circuito do monitor.

O garoto se decepcionou um pouco, sem demonstrar à mãe, que parecia encantada. Ligado à tomada elétrica (funcionava também com bateria), o equipamento paterno já havia colocado os chinelos e, sem dizer uma palavra, foi até à mesa e apanhou o jornal.

A mãe puxou o filho pelo braço:

– Agora vem, filhinho. Vamos lá para dentro, deixa teu pai descansar.

7/8/1976

O mistério da borboleta

Fizera-se cientista. Desde pequeno demonstrara, a par de rara habilidade manual, extrema facilidade para as ditas ciências exatas, ou mais exatamente para todo tipo de fórmulas complicadas que levam a resultados indiscutíveis. Por exemplo: para ele dois e dois eram quatro; e provara no quadronegro. Como cientista costumava usar guarda-pó branco e colecionava retortas e provetas. A teoria da relatividade era-lhe relativamente simples; e mais simples ainda a lei da gravidade, que estudara a fundo utilizando manzanas argentinas de Rio Negro. Sabia distinguir perfeitamente o teorema de Pitágoras do teorema de Pasolini; correspondia-se em esperanto com academias de ciências; e falava em várias línguas com autoridades de notório saber. Era doutor *honoris causa* de uma pá de universidades e defendera teses consideradas indefensáveis, como a influência das marés polares na desova e na definição do sexo do hipocampo.

Para ele, o mundo se explicava por si só, nada havendo que não se pudesse demonstrar por a mais b, e reduzir-se a gráficos.

A única coisa que deixava o cientista meio cabreiro era a borboleta.

A borboleta para ele era um mistério.

Não tanto pela metamorfose que nela se operava, até chegar a ser uma borboleta, mas pelo trajeto de seu vôo colorido. Pois um fato era patente: após permanecer durante vinte anos a estudar as borboletas, o cientista concluíra que nenhuma repetia o mesmo percurso, ou trajeto ou linha, no espaço azul ou cinza.

A borboleta era um ser livre.

Intrigado, o cientista decidiu construir sua própria borboleta particular, que pudesse ser controlada à distância, e conseqüentemente dirigida em seu vôo. Mas não queria uma borboleta-robô; queria uma borboleta que respirasse, apreendesse a natureza pelas antenas e tivesse medo dos pardais. Com a condição de que não lhe fugisse das mãos.

Comprou tudo o que compõe uma borboleta, a começar pelas asas irisadas, e mandou fazer parafusos especiais de cera com rosca microscópica. Montou a parte eletrônica em carcaça de cristal e instalou transistores na cabeça e no abdome, tudo conforme havia observado ao longo dos anos, de modo que não houvesse defeito no circuito vital. Usou baterias solares auto-recarregáveis. De acordo com seus planos, a borboleta devia durar no mínimo seis meses sem reposição de peças.

Pronta e acabada o cientista contemplou sua criação, emocionado por adivinhar que tinha diante de si uma criatura à sua imagem e semelhança.

— Voa! — gritou ele, com a veia do pescoço saltando.

A borboleta não se mexeu.

Engolindo em seco, o cientista pegou o inseto com a mão trêmula e levou-o aos raios X, para submetê-lo a uma radiografia completa. Alguma coisa não dera certo, embora dentro do esqueleto, no arcabouço e no mistério do bojo do inseto, tudo estivesse na mais completa ordem.

E a borboleta tornou-se um mistério ainda maior.

Reapertou a fiação intestinal, ajustou as nervuras das asas, balanceou as patas.

— Voa! — tornou a gritar.

A borboleta estática.

— Que coisa! — murmurou o cientista.

Trabalho perdido: a borboleta esquecera-se de nascer. Então o cientista fez o que lhe pareceu correto: espetou um alfinete no corpo do inseto, prendeu-o na prancheta e ofereceu-o como homenagem a um desses artesãos que fazem bandejas com asas de borboleta.

O artesão olhou, encantou-se, e disse:

– Muito obrigado, doutor, mas dispenso. Essa borboleta é tão perfeita que os fregueses que compram minhas bandejas vão pensar que é uma borboleta artificial.

27/1/1977

Herói. Morto. Nós

Não me venham com besteiras de dizer que herói não existe. Passei metade do dia imaginando uma palavra menos desgastada para definir o gesto desse sargento Sílvio, que pulou no poço das ariranhas para salvar o garoto de catorze anos que estava sendo dilacerado pelos bichos.

O garoto está salvo. O sargento morreu e está sendo enterrado em sua terra.

Que nome devo dar a esse homem?

Escrevo com todas as letras: o sargento Sílvio é um herói. Se não morreu na guerra, se não disparou nenhum tiro, se não foi enforcado, tanto melhor.

Podem me explicar que esse tipo de heroísmo é resultado de total inconsciência do perigo. Pois quero que se lixem as explicações. Para mim, o herói – como o santo – é aquele que vive sua vida até as últimas conseqüências.

O herói redime a humanidade à deriva.

Esse sargento Sílvio poderia estar vivo da silva com seus quatro filhos e sua mulher. Acabaria capitão, major.

Está morto.

Um belíssimo sargento morto.

E todavia.

Todavia eu digo, com todas as letras: prefiro esse herói ao Duque de Caxias.

O Duque de Caxias é um homem a cavalo reduzido a uma estátua. Aquela espada que o Duque ergue ao ar aqui na praça Princesa Isabel, onde se reúnem os ciganos e as pombas do entardecer, oxidou-se no coração do povo. O povo está cansado de espadas e de cavalos. O povo urina nos heróis de pedestal. Ao povo desgosta o herói de bronze, irretocável e irretorquível, como as enfadonhas lições repetidas por cansadas professoras que não acreditam no que mandam decorar.

O povo quer o herói sargento que seja como ele: povo. Um sargento que dê as mãos aos filhos e à mulher, e passeie incógnito e desfardado, sem divisas, entre seus irmãos.

No instante em que o sargento – apesar do grito de perigo e de alerta de sua mulher – salta no fosso das simpáticas e ferozes ariranhas, para salvar da morte o garoto que não era seu, ele está ensinando a este país, de heróis estáticos e fundidos em metal, que todos somos responsáveis pelos espinhos que machucam o couro de todos.

Esse sargento não é do grupo do cambalacho.

Esse sargento não pensou se, para ser honesto para consigo mesmo, um cidadão deve ser civil ou militar. Duvido, e faço pouco, que esse pobre sargento morto fez revoluções de bar, na base de uísque e da farolagem, e duvido que em algum instante ele imaginou que apareceria na primeira página dos jornais.

É apenas um homem que, como disse, quando pressentiu as suas últimas 48 horas, quando pressentiu o roteiro de sua última viagem, não podia permanecer insensível diante de uma criança sem defesa.

O povo prefere esses heróis de carne e sangue.

Mas, como sempre, o herói é reconhecido depois, muito depois. Tarde demais.

É isso, sargento; nestes tempos cruéis e embotados, a gente não teve o instante de te reconhecer entre o povo. A gente não distinguiu teu rosto na multidão. Éramos irmãos, e só descobrimos isso agora, quando o sangue verte, e quando te enterramos. O herói e o santo é o que derrama seu sangue. Esse é o preço que deles cobramos.

Podíamos ter estendido nossas mãos e te arrancado do fosso das ariranhas – como você tirou o menino de catorze anos –, mas queríamos que alguém fizesse o gesto de solidariedade em nosso lugar.

Sempre é assim: o herói e o santo é o que estende as mãos.

E este é o nosso grande remorso: o de fazer as coisas urgentes e inadiáveis – tarde demais.

1/9/1977

FUTEBOL
E OUTRAS GRAÇAS

Apenas um minuto de silêncio

O senhor de cabelos bem penteados, e encanecidos, chegou quando os dois times estavam perfilados, prontos para a brincadeira. O céu era azul e a brisa soprava a favor dos dois bandos. Eram todos garotos e pareciam bem alimentados, saudáveis. Havia três pretinhos, sendo um com joelheiras. Dois frangotes baixinhos, de olho puxado, um cafuzo, um pele-vermelha. Os demais eram rosados.

O senhor de cabelos bem penteados, e encanecidos, observou as túnicas da molecada e sorriu ao perceber que elas brilhavam ao sol, cambiantes. Não vai ser fácil, pensou.

— Escute — disse o senhor ao rapaz de rosto plácido que parecia ser o juiz —, escute, não seria melhor dar uma túnica tricolor a um dos times?

— Não é preciso. Todos usam o mesmo uniforme.

— E como vou distinguir um do outro?

— Você é novato, por isso estranha. Aqui não há distinção. Todos são iguais.

— Lindo, lindo, lindo! Quer dizer que conseguiram formar dois times só de estrelas?

— Você verá.

Veio a bola. Tinha o tamanho de uma lua vista de longe, não muito cheia. Rolando no espaço, deixava uma cauda de luz.

— Lembra um cometa — admirou-se o homem de cabelos bem penteados.

Os garotos eram muito rápidos, seus pés mal tocavam o piso transparente e translúcido de doer na vista. Davam a impressão de que voavam, mas as asas eram invisíveis. Mais ou menos como as asas dos colibris.

— Estou achando o travessão muito alto — ponderou o senhor —, os goleiros vão se dar mal. Vamos abaixar um pouco.

— Aqui eles pegam tudo — explicou o rapaz que parecia juiz.

— Mesmo assim vamos abaixar o travessão.

O senhor foi lá e pegou um fiapo de nuvem, acertando-o na altura que julgou boa. Depois se dirigiu às balizas de escanteio e riscou o azul com o dedo.

— Não tem bandeirinha?

Um garoto deu um pulo e catou um ruço. Rasgou com cuidado, e fez uma bandeirinha. Depois repetiu a operação e trouxe outra bandeirinha. E mais duas bandeirinhas.

— Acho que está legal.

— Podemos começar.

O senhor de cabelos bem penteados estava em dúvida se ia dar conta do recado. Ainda perguntou se não havia outra pessoa que pudesse substituí-lo no posto.

— Estávamos esperando por você.

— Toda a molecada aguardava este momento. Eles acham você importante. Não os decepcione.

— Sabe, não tenho prática.

— Lá embaixo você era craque no assunto.

— Fazia o que sabia: narrava partidas de futebol. Procurava alegrar o coração das pessoas, criar alguns momentos de emoção, afastar a amargura da vida das pessoas simples. Eu queria que as pessoas fossem felizes ao menos durante noventa minutos.

— Sabemos disso. É justamente por isso que você está aqui.

— Mas nem sei o nome dos garotos. Como poderei descrever a brincadeira?

— Muito simples: sempre que um pegar a bola, você grita: Olha lá, olha lá, olha lá! Eles jogam tão bem que você não terá mesmo tempo para cantar todos os bons lances. Admire, e demonstre sua admiração. Não precisa inventar nada além do que você trouxe lá de baixo.

— Acontece que lá embaixo eles diziam que eu era otimista demais.

— Sossegue, aqui você pode ser otimista à vontade.

— Tá bom, então pode trilar o apito. Mas não esqueça o minuto de silêncio.

— Isto não se usa aqui. Não fazemos nenhum minuto de silêncio quando alguém renasce, como você.

— Não é isso. É que eu preciso pelo menos de um minuto para bolar alguns apelidos para esses anjinhos.

18/8/1976

Vejam, é nossa bandeira desfraldada

Este é o Corinthians pelo qual valeu a pena esperar um quarto de século.

Este é o Corinthians da velha e da nova geração.

Este é o legendário Corinthians.

Meu filho de onze anos, carregando sua grande bandeira costurada pela mãe e refulgindo de brocal, sabia que mais dia, menos dia, seus olhos teriam de se espantar com a explosão de um cometa colorido chamado povo, e daí para frente suas retinas jamais esqueceriam a festa desta cidade sem tamanho.

Aconteceu.

A grande festa popular tomou conta dos edifícios, das favelas, das praças e das avenidas, sem necessidade de fantasias encomendadas, sem paetês oficiais, sem cobrança de ingresso, e sem a repressão dos cordões de isolamento.

A ordem que necessita ser mantida sob a vigilância dos capacetes não é ordem: é sujeição.

O corintiano provou, mais uma vez, que não comemora títulos.

O corintiano comemora emoção de ser fiel àquilo em que acredita.

Numa noite quente de setembro, céu estrelado — dizem as crônicas —, pequenos ferroviários e modestos artesãos reuniram-se numa rua do Bom Retiro e ali plantaram a semente de um sonho: o clube do povo.

Cinco anos depois, em 1915, o clube já tinha a maior torcida da cidade.

Catorze anos depois, ela carregava em triunfo nos ombros do povo, até o centro da cidade, um simples jogador que havia marcado o gol da vitória de seu time. Tatu era o herói.

Que sabe disso meu filho de onze anos? Nada. Mas ontem, enquanto ele via baterem nas traves do vetusto goleiro colorado as duas bolas desviadas pelo minuano do destino, ele se convenceu de que a bandeira corintiana não é feita para ser enrolada ou ficar a meio-pau.

A bandeira corintiana tremula e desfralda-se até em tempos de calmaria.

Este é o Corinthians da velha e da nova geração.

Este é o Corinthians do cego Didi, para o qual o clube do povo é uma sinfonia que jamais se extingue.

Este é o Corinthians do menino que teve uma perna amputada no desastre da via Dutra, quando voltava do grande passeio no Maracanã.

Este é o Corinthians que manda celebrar missas de réquiem no mesmo Parque onde a torcida silencia no ritual de respeito, antes do grande grito de guerra e de apoio.

Este é o Corinthians que convoca o povo com suas trombetas e o transforma em gente de sangue e coração.

Este é o Corinthians acima de todos os cartolas, de todas as manobras, de todos os truques, de todas as safadezas e de todos os pruridos dos que vêem no povo apenas uma boiada da qual se pode extrair o couro.

Este é o Corinthians do futuro, porque é o Corinthians de meu filho — de nossos filhos — de onze anos.

Houve um momento em que a bola bateu na trave de Tobias e entrou.

Entrou no videoteipe. Entrou no *slow-motion*. Entrou nas teleobjetivas. Entrou graças à eletrônica.

Nenhum olho humano, jamais, em tempo algum, poderia ver aquela bola ter entrado.

Mas o bandeirinha carioca viu. Sabe-se lá com que olho, ele viu. E saiu correndo para o centro do gramado. O próprio juiz não havia visto, mandava a jogada prosseguir, mas o bandeirinha carioca viu com aquele olho que a terra há de comer.

Meu filho de onze anos perguntou:

— Puxa, pai, como é que ele conseguiu ver?

Fiz um longo minuto de meditação. Poderia ter dito a meu filho que neste mundo há olhos e olhos, uns enxergam mais, outros enxergam menos, e há os que não enxergam nada e dizem que enxergam tudo.

Respondi, simplesmente:

— Meu filho, a bola entrou. Erga mais alto a sua bandeira.

Quando meu filho crescer, e se a situação continuar como está — no futebol e fora dele —, ele descobrirá com seu próprio entendimento que o bandeirinha carioca que fez aquilo simplesmente aplicou uma mesquinha regra que há muito tempo vigora neste país:

"*In dubio, contra populum.*"

Mas nem por isso o povo vai enrolar a bandeira.

14/12/1976

À cata de camundongos e ratazanas

O caso dos ingressos falsificados no estádio do Morumbi dá o que pensar.

Um cidadão – corintiano, honesto, bom brasileiro e pai de dois filhos – vai ao campo assistir a uma partida de futebol e compra ingressos numerados. Daí que, ao chegar aos lugares indicados, encontra-os ocupados por outros torcedores, que também têm ingressos numerados para as mesmas localidades.

Conversa vai, conversa vem, o cidadão prejudicado faz o que qualquer homem de bem faria: resolve denunciar a tramóia. Afinal, se é possível comprar ingressos em duplicata nas bilheterias de um estádio (aparentemente fiscalizado pelos clubes e pela federação de futebol), coisas muito piores podem acontecer.

Bem, mas o que faz pensar?

O seguinte: como é difícil nesta terra um cidadão apontar uma fajutagem e não ser olhado com suspeição. Denunciar uma falcatrua soa a crime. Parece uma afronta. A ordem é manter o bico calado, deixar-se explorar, levar o negócio na maciota.

O bom cabrito não berra.

Malandro não estrila.

Belos lemas estes. E muito difundidos.

O cidadão é ludibriado, e ainda recebe telefonemas ameaçadores em sua casa. Ainda é visto como suspeito.

Ah, quem sabe se tudo não passa de um plano urdido pelos cambistas!

Ah, quem sabe se o cidadão não está inventando histórias!

A desconfiança recai sobre o cidadão que teve a coragem de querer pegar os ratos.

Ratos, não. Ratinhos. Camundongos. Bichinhos pequenos, reles roedores. Mas como roem! Hoje roem uma botina, amanhã roem uma calça, depois roem os dedos, acabam roendo a vergonha de todo o mundo.

Muitas pessoas têm acompanhado até com emoção essa pequena e corajosa luta de um cidadão comum, pai de dois filhos, que resolveu pegar o pião na unha, apesar do susto da mulher, que pede que ele fique quieto, e se cale, e pactue com a malandragem.

A mulher sabe que o marido tem razão. Mas ela o ama, ela quer poupá-lo de aborrecimentos, ela quer evitar que ele se preocupe. Ela tem medo.

Bem, minha senhora, acredite: seu marido é que está certo.

A gente fica fugindo dos aborrecimentos, fica evitando as preocupações, fica se enrustindo, fica se amoitando – amanhã nós vamos entregar este país a nossos filhos com a consciência pesada.

Vou dizer mais uma coisa: se o caso dos ingressos tivesse acontecido comigo, não tenho certeza do que faria. Possivelmente me fecharia em copas, deixava o caso barato. Diria assim: Coitados, são apenas uns camundongos querendo salvar o seu queijinho.

Mas eu estaria errado.

O gesto de seu marido, minha senhora, dá coragem a todos nós – os menos corajosos.

É isso aí: a gente tem de berrar. Chamar a turma no grito. Pedir satisfações. Cobrar. Exigir os direitos.

Quando a gente começa a caçar os camundongos, as ratazanas também tremem.

Aliás, é por isso que é muito difícil caçar os camundongos.

P. S.: Que bela renda a de domingo no Morumbi!

18/11/1975

A loteca clandestina. Um sinal?

A loteria-do-benfica, sem favor nenhum a primeira tentativa séria e bem organizada de institucionalização de uma loteca paralela, merece certas considerações.

Em primeiro lugar, embora um joguinho mais caro do que a loteca comum – cada cartela custava 10 cruzeiros – tinha preço fixo.

Em segundo lugar: dava ao apostador a sensação de que estava cercando as zebras – se não todas, pelo menos as mais prováveis: se é que zebra é provável.

De fato, cada jogador podia mandar bala em seis triplos.

Sobravam, pois, sete jogos.

Aqui o pau cantava. A inspiração girava em torno de apenas catorze equipes, dando a ilusão de que era mais fácil acertar nos vencedores.

Todo jogo, como se sabe, repousa na ilusão. Ninguém joga para perder, mas sim pelo sonho de ganhar.

Às vezes ganhar quirelas, mas ganhar.

A loteria-do-benfica, por conseguinte, dava ao apostador mais ilusões – embora custasse um insano trabalho a seu principal organizador, que tinha a seu cargo recolher as cartelas, lacrar as urnas, conferir as apostas, guardar o dinheiro do rateio, separar os lucros, calcular a cota do clube promotor, passar recibo (em papel de maço de cigarro) e pagar os prêmios.

Nas horas vagas, esse cidadão atarefado ainda cuidava de seu bar, que era o quartel-general das apostas.

Resultado: metade de uma cidade estava envolvida nessa jogatina clandestina, desmantelada agora pelas autoridades policiais; o assunto promete dar pano para mangas. E há trabalho para todos os advogados da região, mesmo considerando a batelada de bacharéis que todos os anos saem do forno das faculdades.

A loteria-do-benfica, apesar de reprovável, condenável, ilegal, ilícita, etcetera e tal, pode bem ser o espelho de uma época, onde as coisas se confundem. Se antes se dizia que há males que vêm para bem, hoje pode se continuar dizendo a mesma coisa, e vice-versa.

O fato, porém, não deve levar à apressada conclusão de que a loteria esportiva – a autêntica, a oficial, a consagrada – deva ser encerrada ou suspensa por estar sujeita a golpes sujos ou atrevidos.

Longe disso. A loteca é hoje uma das esperanças do brasileiro, principalmente do pobre.

É o jogo das multidões.

A grande oportunidade para o cidadão tirar o pé da lama.

O caminho seguro para o trabalhador poder adquirir um desses magníficos apartamentos com piscina e cascata, construídos com recursos das cadernetas de poupança.

A maneira mais rápida de o sujeito alcançar *status*.

A forma mais cômoda de ganhar o direito de entrar num restaurante de luxo e pedir um filé com fritas.

Fora outras coisas.

A loteria esportiva é necessária. Ponto final.

Talvez precise apenas ser reajustada aos tempos que correm, com a divisão de prêmio atendendo às necessidades da multidão de infelizes que vez por outra fazem doze pontos – e que ficam a ver navios.

Por que não instituir prêmios de consolação?

Por que não dividir a ilusão em pequenos pedaços, como se faz com os outros jogos?

O importante, sem dúvida, é não extinguir a possibilidade de alguém, algum dia, num golpe de sorte, levantar um prêmio de peso, que não precisa necessariamente ser quantia fabulosa.

Conheço pessoas sensatas que prezariam ser aquinhoadas com 4 ou 5 milhões de cruzeiros, até menos; e conheço outras que se sentiriam realizadas se a sorte as bafejasse com 10 ou 20 mil cruzeiros.

Cada um tem lá suas necessidades.

Tanto que a loteria-do-benfica – não obstante a precariedade de seus recursos e do seu sistema de funcionamento – emplacava semanalmente.

Certamente porque seus organizadores descobriram que os apostadores preferem ganhar pouco algumas vezes – do que muito, nunca.

21/10/1975

Um estádio para o povão

Palavra de corintiano, está ficando cada vez mais difícil ver o Curingão jogar. Quinta-feira, dia normal de trabalho, noite enfarruscada, foi o que se viu no Pacaembu: torcedor pendurado até no pára-raio, quase um milhão de renda, fora os penetras e cartolas. Que bela noite e que noite gloriosa! Houve um momento em que Givanildo penteou a cabeleira da bola, pôs-lhe um babado, cobriu-a de brincos e lantejoulas, e enfiou no barbante: então apareceu no céu uma lua cor-de-ouro. A torcida consultou os calendários e os almanaques: "Que diabo, hoje não é noite de lua". A lua porém lá estava, imarcescível, no placar. Que noite enluarada! E, entretanto, que noite difícil. Tudo congestionado. Problema para estacionar, problema para chegar ao estádio, problema para entrar no Pacaembu. Luta contra cambistas, bilheterias, portões estreitos, luta para saber de uma vez por todas qual a verdadeira capacidade de público do estádio. Até hoje a prefeitura não conseguiu explicar direito quantas pessoas cabem, decentemente, nas gerais, arquibancadas, numeradas e corredores do Pacaembu. Quinta-feira havia lá 47 mil assistentes. Não sobrava lugar nem para enfiar a mão no bolso. Caberia mais alguém?

Não, o Pacaembu ficou pequeno para receber o povão. É um estádio sóbrio, elegante, acolhedor, mas acanhado para grandes manifestações populares. Nem as Testemunhas de Jeová cabem mais nele. O Pacaembu comporta no máximo comício da Arena ou do MDB, jamais uma exibição de Neca, Givanildo, Wladimir, Russo e Geraldão. Falta espaço para a torcida pular, gritar, sambar, se esbaldar. No fim do jogo, tudo piora: alguns portões permanecem fechados por ordem de algum tonto. Ou ficam abertos, mas com as borboletas instaladas, obrigando o povo a contorções. Como se o povo já não fizesse suficiente ginástica!

Não adianta dizer que existe o Morumbi. O Morumbi é a emenda que piorou o soneto. Longe, de difícil acesso, complicado, com má visibilidade, frio, sem boa circulação, até sem banheiros e indicações claras das dependências, o Morumbi é um teste para a paciência e um imenso erro de visão.

O Morumbi devia ser na Zona Leste, onde fica o povão. Onde está o Morumbi é o cemitério da torcida. Dizem que aquele vento que sopra e assobia é a vaia dos finados seus vizinhos, loucos por um bate-bola. É impossível ao torcedor comum ir ao Morumbi sem voltar xingando. Os que têm cadeira cativa, permanente, credencial, chofer na porta, os que são abonados e não precisam marcar cartão de ponto nem têm hora para chegar, esses acham que o Morumbi está remediado porque não tem remédio. Mas o torcedor comum é outro: o pendurado no estribo, o cara de fila, o que não sabe o que é tribuna especial, o teso, o amarfanhado, o que leva chuva, o que pega vento encanado, o que vai com o tutu contado e não pode ser furtado nem em 20 centavos de troco (furto comum em todos os estádios: a falta premeditada de troco). Esse é que sabe como é duro chegar lá onde o diabo perdeu as botas.

Um amigo, com todas as facilidades, levou outro dia duas horas para fazer o trajeto Morumbi–Campos Elísios. Uma verdadeira viagem, penosa viagem. Imagine-se a que horas o Zé Trivela chegou à casa dele, para pegar o batente no dia seguinte cedo.

Todas as pessoas sensatas com quem tenho falado acham que a solução para o aumento do público nas partidas de futebol é construir um estádio gigantesco na Zona Leste da cidade, onde moram quase 3 milhões de pessoas. Na Zona

Leste desembocam as marginais, os trilhos da Rede Ferro-viária, a via Dutra, os planos do metrô. O próprio rio Tietê, que um dia será navegável, aponta para aquele lado. Na Zona Leste está o povão. Normal, portanto, que o povão seja atendido – para que o futebol não se transforme de lazer em suplício. Não adianta campanha para levar mulher ao estádio, nem crianças. O aperto é demais, o risco é gran-de. O desconforto é enorme. A Zona Leste é a solução para todos, pois ainda permite que se faça um estádio planejado, inteligente, sensato numa cidade onde todo divertimento implica enorme desgaste físico e inútil perda de tempo. Cla-ro que sempre existe a desculpa de que há outras obras prioritárias. Mas a boloteca e a loteria esportiva sugam re-cursos justamente dessa paixão popular, o futebol. Justo que se dê pelo menos conforto ao torcedor de futebol. Ao torcedor simples – a maioria – e não ao torcedor não-me-toques, que entra por portões especiais, tem elevador à dis-posição, lugarzinho bem quente, café de graça e, vai ver, nem se importaria se um dia o futebol acabasse.

2/10/1976

Yes, nós temos Pelé

Alguma coisa não vai bem nos Estados Unidos.

Eles também estão apelando para o futebol.

Essa investida — investida ou investimento? — em cima de Pelé, oferecendo-lhe quase 5 milhões de dólares, casa, comida, escola, iate e escritórios, em troca de fintas, dribles, chutes e bola no barbante, está parecendo que é para contrabalançar o mal-estar causado na torcida das gerais pelo resultado negativo da última Copa.

— Mas os Estados Unidos não participaram da última Copa do Mundo — dirão os afobados.

Acontece que estou me referindo à famosa Copa do Vietnã, onde o favorito foi derrotado pelo lanterninha.

Chato, bem sei.

Mas guerra, como o futebol, não tem lógica.

Ou tem?

Não, guerra tem logística, um negócio muito complicado, ainda mais complicado, do que o ludopédio (com o perdão da palavra).

Algumas pessoas estão achando que Pelé faz mal em aceitar.

Alegam motivos patrióticos.

Se Pelé não defendeu as sagradas cores do Brasil, por que cede agora às tentações do vil metal (com o perdão da palavra) e se deixa corromper pelo capital estrangeiro?

O que dirão os seus vizinhos?

O que dirão os palmeirenses, que têm um Edu na ponta?

O que dirão os são-paulinos, com Forlan na defesa?

O que dirão os santistas, com Cláudio Adão?

Isso, essa maledicência velada ou franca, prova apenas que os esportistas brasileiros ainda são do tipo subdesenvolvido e não estão suficientemente escolados (não confundir com escalados) para entrar em certas jogadas. Ou no jogo bruto.

Os críticos contrários à ida de Pelé cultivam a mentalidade da várzea do Gasômetro, que já ficou para trás, e mantêm a mística superada da extinta bola de capotão, com agulha e sebo. Acreditam em Sebastiões Rufinos, Armandos Castanheiras, Zagalos, galinhas pretas, massagistas Santanas e pernas tortas de Garrincha.

Não se dão conta de que o futebol brasileiro parou no instante em que, nas áreas varzeanas, começou-se a construir conjuntos habitacionais.

O Brasil tinha o segredo do futebol nas fábricas e nas oficinas, e esse segredo era exposto ao público nos fins-de-semana, em memoráveis partidas e em memoráveis quebra-paus. A várzea era uma festa.

Hoje os campos do Glicério foram minados pelas trementes quitinetes.

Já não há nos quintais espaço suficiente para um passe de trivela.

Algumas crianças são severamente repreendidas pelas babás quando enchem uma bola, porque tiram o espaço útil dos minúsculos quartos de empregada (uma espécie de ficção da moderna arquitetura).

Pelé é a última reminiscência gloriosa desse fenômeno chamado várzea. E tem, o crioulo, a oportuna sorte de não ser crioulo. É preto no duro, uma cor em que nós não costumamos reparar. Reparar sempre, digo.

Os Estados Unidos não iriam perder uma oportunidade dessas dando canja, para purgar seus próprios pecados (que não são pequenos) e esquecer algumas sérias contrariedades políticas e militares.

Sai Nixon, entra Pelé.

Eis aí uma faceta engenhosamente democrática desse país ao mesmo tempo malicioso e ingênuo.

A União Soviética jamais teria a capacidade criativa de sacar essa e, por causa dessa falta de imaginação, tem de pastar importando Coca, como o resto do mundo. Mundo esse que gira hoje em ritmo de corrida: corrida atômica; corrida armamentista; corrida espacial.

E agora a corrida futebolística.

Esta os Estados Unidos da América do Norte estão vencendo.

Preto no branco, Pelé vai lá, fatura os gringos, exporta aquilo que fazia de graça em Bauru, levanta divisas e – enfim, eis o verdadeiro milagre brasileiro não inventado por nenhum ministro! – se transforma na primeira empresa multinacional verde-amarela, desde que este país foi descoberto.

Por um português, lembrem-se. De passagem.

17/5/1975

No futebol, o melhor ataque é dos cambistas

O pai pegou o filho pela mão e foi ao futebol. Iam jogar Palmeiras e Fluminense, no Pacaembu, que é de longe o estádio mais bem construído deste país. No Pacaembu, a torcida não assiste ao jogo; a torcida entra no jogo. Pena que haja casas demais em volta do estádio.

Mas o pai foi assim mesmo. Houve dificuldades para chegar às proximidades do campo, porque todas as ruas ao redor estavam completamente congestionadas. Dois quilômetros antes, graças aos bons préstimos de um crioulo que orientava o estacionamento de veículos, em substituição a uma inexistente autoridade fardada, o pai conseguiu colocar seu automóvel num perigoso declive, onde uma vaga se abrira como por encanto. Essa vaga lhe custou 5 cruzeiros, destinados à caixa de auxílio mútuo dos guardadores de carro, entidade clandestina reconhecida como de utilidade pública.

A etapa seguinte: vencer a distância até os guichês, onde uma multidão se bate para conseguir um ingresso, rolando uns sobre os outros, sob as vistas dos vendedores de amendoim e de bandeiras.

O bom pai de família verifica, então, que para assistir ao futebol as crianças pagam mais do que os militares, o que lhe parece uma atitude discriminatória: os militares, a seu ver, não devem pagar nada, enquanto as crianças devem pagar ingresso inteiro. Mas isso é um caso a ser resolvido com mais vagar.

Enquanto a fila para compra de entradas se arrasta vagarosamente, o bom pai de família tem o privilégio de ser assediado por pelo menos uma dúzia de cambistas, gente solerte e positivamente trabalhadora, que têm à disposição não apenas acomodações em todos os setores do campo, com exceção das gerais, como as melhores acomodações. A cinco minutos para iniciar-se a partida, e os ingressos no câmbio negro ainda são oferecidos gentilmente, sem dúvida numa colaboração espontânea para facilitar o acesso do distinto público ao estádio.

Como, porém, os ingressos no mercado paralelo são contundentemente mais caros, o bom pai de família sujeita-se à fila e aos atropelos, que naturalmente também fazem parte do jogo, embora as regras a respeito não estejam claras.

Ou estejam claras demais. As autoridades é que não querem ver.

No entanto a solução para acabar com os abusos é bastante simples: basta que a Federação Paulista de Futebol contrate imediatamente os cambistas para fazer parte de seu quadro de vendedores oficiais, aos preços oficiais, para que tudo se resolva – ampliando-se o mercado de trabalho dessa gente honrada, e dando-lhe garantias trabalhistas.

Alguém dirá – com malévolo espírito crítico – que a contratação dos cambistas acarretaria o desemprego dos atuais homens que operam nos guichês do Pacaembu, os quais se sentiriam tentados a tomar o lugar dos cambistas.

Ora, mesmo que tal ocorresse, ainda assim dos males o menor, pois está evidente que existem atualmente muito mais cambistas em ação do que funcionários nos guichês.

Pelo menos é o que pode verificar o bom pai de família.

Claro que o bom pai de família também viu outras coisas, como os abusos nos preços dos produtos vendidos no estádio, onde não há tabela que resista à exploração e à chamada falta de troco. Mas reclamar a quem? O batalhão de guardas que ali opera, se chamado a intervir, sem dúvida não daria conta do recado.

De modo que está provado, infelizmente, que não se pode botar toda a culpa no juiz, nem dizer que ele é o único ladrão, neste nosso deteriorado futebol. Os abusos começam fora do campo, adentram o gramado – como dizem os locutores –, vão de uma área à outra, entram pelos vestiários e quem, no final das contas, perde os pontos é pai que levou o filho ao estádio.

Bem feito. Devia saber que no futebol o que interessa é bola na rede.

26/8/1975

Apresentamos: "Nem só de pão morre o homem!"

Cenário:

Panificadora Ao Vai da Valsa Ltda. Pão fresco a toda hora. Entrega-se a domicílio. Fazem-se corninhos e broas.

Personagens:

Sr. Carlos Gouvea Morgado, dono do estabelecimento. Avental e bigodes.

Dona Maria Regina Penteado Castelo Branco, prendas domésticas.

Cena primeira e única.

M. R. – (entrando na padaria, toda rebolativa) Ai, ai, seu Gouvea, tem pão aí?

C. G. – (cínico) Não, minha senhora. Nós aqui vendemos instrumentos musicais.

M. R. – Ai, que engraçadinho! Cheguei!

C. G. – E já chegou tarde.

M. R. – Qual é a sua, seu Gouvea?

C. G. – A minha é faturar.

M. R. – Então me dá um pão.

C. G. – Tem preferência?

M. R. – Estou indecisa, seu Gouvea!

C. G. – Bengala, bisnaga, filão – a freguesa é que manda.

M. R. – Quanta gentileza!

C. G. – Temos também roscas.

M. R. – Que absurdo! Deste jeito o senhor vai acabar ficando rico.

C. G. – Ó, dona Regina, eu tenho cá mais coisas a fazer.

(Gritando para dentro) Vladir, traga-me aí a relação dos pães em estoque...

M. R. – O que faço, seu Gouvea? Tanto pão assim me deixa confusa!

C. G. – Vamos por partes: a senhora quer pão natural ou artificial?

M. R. – (Surpresa) Como?

C. G. – Perguntei se a freguesa prefere um pão simples, vulgar, ou faz questão de um pão mais sofisticado.

M. R. – Bem, é um pão para comer nas refeições.

C. G. – (Coçando a calva) Bem, tenho aí um pão de lingüiça e um pão de torresmo supimpas, mas os gostos variam muito. A freguesa não quer experimentar o nosso pão com bromato?

M. R. – (Ofendida) Pão embromado? Seu Gouvea, mais respeito!

C. G. – Perdão, a senhora está se exaltando à toa. Nosso pão com bromato é especialidade da casa. Vem gente de longe prová-lo. Prove uma casquinha; é bromato de potássio puro, da melhor procedência.

M. R. – (Revoltada, mas curiosa) Está louco, seu Gouvea. Botar esse negócio no pão. Sei lá o que é essa embromação?

C. G. – Não é embromação nenhuma, distinta freguesa. Tenho fregueses de refinado paladar que não comem outra coisa. O Orlando Fassoni, por exemplo, famoso crítico cinematográfico, não passa sem sua fatia diária de bromato de potássio. Sem sua porção de bromo, o Fassoni não seria nada!

M. R. – (Revirando os olhos, cocote) Credo, isso deve viciar!

C. G. – Até agora, ninguém se queixou. O pão com bromato de potássio emplacou do primeiro ao quinto. Fica macio, bonito e tem a aparência do produto tipo-exportação. Estamos pensando até em lançar o pão com sulfato de magnésio. Mas infelizmente nosso padeiro não tem tido sorte: já ocorreram duas explosões à boca do forno.

M. R. – Coisa horrorosa!

C. G. – Puro preconceito. O pão feito de farinha de trigo, água, sal e fermento já era. Nada como um composto de bromo para dar ao pão aquele toque de elegância e maciez. O progresso é isso, freguesa. Na natureza, nada se perde; tudo se consome.

M. R. – Eu, hem!

C. G. – Antigamente o bromo era utilizado apenas em baterias de carro, desinfetantes e alvejantes. Um desperdício! Felizmente o homem está sempre procurando novas maneiras de melhorar a vida da humanidade. E descobriu-se que o bromo, junto com o potássio, fazem uma dupla maravilhosa para renovar a aparência do pão, que já estava com uma imagem muito desgastada.

M. R. – Puxa, mas o sr. deveria então afixar a composição do produto, para evitar que a freguesia ignore o que está comprando.

C. G. – Impossível, minha senhora. Essa providência encareceria sobremodo o meu pão e o tornaria inviável comercialmente. Além do mais nem a casca nem o miolo se prestam para veicular qualquer informação. Lembre-se de que numerosos produtos alimentícios circulam nas prateleiras sem nenhuma identificação dos incríveis ingredientes que os compõem. Colorantes, conservantes, flavorizantes, cada um mais misterioso do que o outro. A obrigação do consumidor é consumir – não ser informado. A senhora é capaz de me dizer qual é a fórmula do refrigerante mais bebido neste país? Pode me dizer como é feita a cerveja? O uísque? A cachaça? O biscoito que seu filho leva para a escola? Minha senhora, antes de falar mal do bromato de potássio, investigue o rabo dos outros!

M. R.– O senhor é um grandissíssimo descarado, isso é que é. Quer saber de uma coisa? Não vou levar o seu pão. Dê o bromato de potássio para sua vovozinha!

C. G. – É o que eu faço todos os dias, freguesa. E ela tem

se dado muito bem. Sofria de bronquite e ficou curada. Estou desconfiado até de que o bromato de potássio ajuda a conservar as pessoas. Vovó não tem uma ruga.

M. R. – (Interessada) O sr. disse que sua avó não tem rugas?

C. G. – Nenhuma! E só come do nosso pão.

M. R. – (Novamente rebolativa) Ah, ah, seu Gouvea, por que o sr. não falou antes? Me embrulha urgente um filão com bromato de potássio. O que é o progresso, hem, seu Gouvea!

C. G. – (Acionando a máquina registradora) A senhora ainda não viu nada, madame! O bromato é apenas o começo. Vá por mim, freguesa. Vá por mim!

M. R. – (Provando uma pontinha do pão com bromato de potássio) Hum, tem um gostinho tão venenoso, seu Gouvea!

C. G. – (Rindo com seu dente de ouro) Ih, ih! Não coma demais, freguesa. Pão engorda!

Fim da cena. Baixa a porta de ferro.

12/11/1975

Título que daria a isto: o filé de ouro

Na praça Júlio Mesquita comia-se o melhor filé na cidade de São Paulo. A praça fica disfarçada entre a alameda Barão de Limeira e a avenida São João e pode ser identificada com facilidade pela fonte luminosa que tem lagostas de bronze. Lagosta deve viver no seco, pois a fonte não tem água e muito menos luz, mas isso não tem nenhuma importância para as pessoas que procuram a praça, onde esperam achar um banco vago, ou filé. No fim da tarde algumas crianças surgem para brincar, sob o olhar das senhoras que parecem absortas em pensamentos distantes. Todos os ônibus que vão para a Zona Oeste da cidade passam por ali. Há hotéis, casas de discos, prédios muito antigos, sacadas de parapeitos ornados, com volutas, portões de ferro, lojas e bares. Os restaurantes que funcionam no local são considerados do tipo classe média, sem luxos e sem exageros no serviço. É um lugar de passagem. Até o amor ali é passageiro. Ninguém parece fixo ou com raízes naquele pedaço urbano, em cujas calçadas mulheres de fundas olheiras disfarçadas sob o rímel cumprem a rotatividade de sua existência.

Uma ou outra cena de sangue, porém não necessariamente todos os dias. Certa vez um homem rasgou a virilha de outro homem, matando-o na cara espantada dos circunstantes. As testemunhas oculares recusaram-se a ver. Essa é a praça.

A Júlio Mesquita vangloriava-se do melhor filé da cidade: alto, tostado, macio, encorpado, farto e saboroso. A carne chegava em corte especial muito atraente e satisfazia mesmo as fomes da madrugada, geralmente exageradas. Tanto alimentava o boêmio de uma só refeição ao dia como o comerciário que não tinha tempo de almoçar em casa. O filé da Júlio Mesquita selava conquistas e impressionava mulheres impressionáveis. Era um bom começo e mesmo um bom fim de romance.

O restaurante que servia o filé não tinha empombações nem pretendia ofuscar os clientes com a mania, hoje disseminada, de ostentar o que não era. Modesto das paredes ao teto, manda a verdade dizer que também não era fanático pela higiene. Em compensação, ninguém ia espiar na cozinha. Fazia-se o pedido e aguardava-se. O que variava era a guarnição, conforme o gosto do freguês. Por um preço módico comia-se dignamente. Às mesas revezavam-se casais, almas solitárias, grupos de amigos. Havia alarido constante, tilintar da caixa registradora, e os garçons atendiam com presteza e eficiência. A carne obedecia às ordens: bem, mal passada, ou ao ponto. Não tinha erro. De sorte que nem mesmo os bêbados reclamavam, apesar de bêbado reclamar muito.

Recordar é viver. Semana passada, noctívago solto nas ruas, deixei a redação e cometi a imprudência de matar saudades. Escolhi como programa noturno o antológico filé da praça. No que rompi no restaurante, descobri os azulejos novos e a limpeza reformada da casa. Pareceu-me que havia menos fregueses do que nos outros tempos, dado talvez o adiantado da hora. Não sei como funciona a boêmia atual. Aliás, nem sei se os boêmios de hoje jantam. Peguei uma mesa de canto com toalha branca, discreta e silenciosa. Gosto de comer em paz. Não veio o cardápio, o que já é tradição. Sabe-se de cor o que se vai pedir. Encomendei um filé simples com fritas – velho vício nacional – e uma cerveja. Sem gelo, expliquei. Sem gelo? Sem gelo. Os garçons loiros olham com desconfiança os fregueses que bebem cerveja quente. O filé, solicitei-o ao ponto: nem tostado demais, nem sangrando. Acho que não é exigir muito. Quanto tempo demora um filé assim?

Meu filé demorou menos de um minuto, o que reputo uma bela marca, talvez digna de constar, se não nos manuais de culinária, ao menos num almanaque de recordes. Estranhei a velocidade do filé: chegou exatamente no mesmo passo que a cerveja. Admiti que o cozinheiro, ao me ver entrar no restaurante, tivesse sido fulminado pelo dom da premonição e apostado em sua experiência de que um cidadão com barba por fazer, meia estatura, gordinho, livro embaixo do braço, é homem que não sabe pedir ao garçom algo que não seja filé ao ponto com fritas. E atacou direto, o cozinheiro, por sua conta e risco. O fato é que o filé chegou num zás-trás.

Impressionado com o filé prematuro, que talvez pertencesse a outra mesa, julguei que devia encará-lo de frente sem mais delongas, antes que o garçom desse pela troca. Cortei o primeiro pedaço e provei, tentando comparar o sabor atual com a lembrança do antigo filé (ou o filé memorial das madrugadas sem rumo). O sabor não estava totalmente em desacordo, mas certamente não era o mesmo. Faltava a este, ao filé veloz, a arte da paciência e do capricho. Estava eu diante de um filé quase comercial, obrado em série, jamais um filé sob medida. Enfim, filé digno de uma cerveja quente.

Não tive coragem de comê-lo todo. Não por falta de apetite ou porque fosse grande. É que havia perdido a inspiração. Não havia mais nada a fazer ali. Requeri a conta e procurei o paliteiro, sem tocar no pão. Foi-me entregue o papel rabiscado em letra de receituário. Hoje sei exatamente o preço do filé mais caro desta cidade, devidamente acompanhado de uma cerveja grande: 73 cruzeiros.

Não me queixo. Em Nova York se gasta mais.

Despedi-me com aquela dignidade própria das criaturas que acabam de ser assaltadas, mas não querem fazer escândalo. Atravesso o salão, onde algumas pessoas riem – certamente ainda não receberam a conta – e me preparo para sair na praça iluminada, agora já embaçada por leve cerração. Antes, porém, esfrego os pés no capacho e atiro fora, com o impulso do dedo médio, o esquálido palito usado.

27/7/1976

Sem inhapa é que ninguém vai ficar

A abolição da gorjeta obrigatória nos restaurantes suscita de imediato uma imensa perplexidade nacional, a saber: gorjeta se escreve com j ou com g?

Consultado a respeito, o doutor Sócrates Boanerges foi categórico: "Gorjeta se escreve com jota; quem escreve gorjeta com gê é um miserável analfabeto de pai e mãe e, portanto, merecedor de ser explorado nas piores casas-de-pasto da cidade. Nas melhores, então, nem se fala!".

Também os bons dicionários concordam com o doutor Boanerges na questão da grafia, mas assumem posição temária ao afirmar que gorjeta é a bebida ou o dinheiro com que se gratifica um pequeno serviço.

Eis uma definição completamente obsoleta.

Modernamente, a gorjeta tanto serve para gratificar um serviço como para gratificar a omissão de um serviço.

Tomemos um exemplo, hipotético: determinado funcionário chega à casa do leitor — ou mesmo à minha — com a firme determinação de cortar o fornecimento de ar por falta de pagamento da conta mensal. Duas alternativas se apresentam: ou o funcionário corta o ar (e não recebe gorjeta) ou ele deixa de cortar o ar, atendendo a princípios humanitários (e então recebe gorjeta).

Admitida a segunda opção, verifica-se que a gorjeta retribui um serviço não prestado.

Vamos agora a outro exemplo, também hipotético: um cidadão qualquer, atuando no ramo de estacionamento de automóveis e dispondo de um ponto estratégico na cidade, decide incrementar seus negócios e contrata verbalmente a atenção e a eficiência de um guarda de trânsito, que se coloca à socapa e multa todos aqueles infratores que, em vez de estacionar o veículo no terreno do cidadão contratante, arriscam deixá-lo em local proibido das imediações.

Resultado: em menos de uma semana os negócios do estacionamento prosperam de tal forma que o cidadão, por acendrado espírito público, oferece espontaneamente uma gorjeta ao guarda de trânsito – o qual nada mais fez do que cumprir o seu exato dever e, por conseguinte, não deveria fazer jus à gorjeta.

Evidencia-se assim a imprecisão dos dicionários, tanto mais que a experiência demonstra que a gorjeta presume sempre moeda corrente nacional (excepcionalmente, dólares), nunca bebida. Se bebida valesse, não apenas triplicaria o consumo de álcool, como grande parte da população prestante viveria em constante ressaca.

A confusão entre dinheiro e bebida como matéria-prima da gorjeta advém, ao que parece, da própria origem da palavra – no caso, *gorgée*, que na Aliança Francesa significa gole, trago, bicada.

De fato, os franceses, sempre que queriam dizer que iam até ao boteco matar o bicho, sacavam uma de *boire une gorgée* – o que, convenhamos, soa muito mais elegante.

E de balcão em balcão a *gorgée* se espalhou pelo mundo, primeiro como gesto de boa vontade e camaradagem; depois como ato de boa educação; e finalmente chegou aos restaurantes brasileiros, onde é encarada como decreto-lei.

Como o serviço militar, tornou-se obrigatório.

E como tal imiscuiu-se na conta – o que não significa seja obrigatoriamente incluída na nota fiscal (escamoteando-se aos tributos legais).

O garçom, por sua vez, ganhando mal e miseravelmente, depende da gorjeta e se julga sempre no direito de recebê-la, embora nem sempre preste adequado serviço. O que confirma, mais uma vez, a precipitação dos dicionários.

Verdade que nos tempos em que ainda se podia comer um bife sem necessidade de pagar pelo preço do traseiro da vaca a gorjeta não pesava tanto no orçamento da clientela e até com alguma satisfação os mais abonados deixavam algo além da margem regulamentar. Pouco a pouco, porém, entrar no restaurante passou a significar ostentação e ousadia, gesto heróico sujeito a bordoadas imprevistas. Os abusos se acumularam, a exploração largou brasa; hoje, de fato, só almoçam ou jantam em restaurante – sem peso na consciência – os profissionais de relações públicas, os ganhadores do primeiro prêmio da federal, os donos das multinacionais, o pessoal que não pode passar sem ir ao Piolin e a turma que desconta refeições no imposto de renda.

O resto pasta.

Chegou-se assim à conclusão de que, para atenuar as facadas cada vez mais generalizadas, era necessário acabar com essa correção monetária paralela, da qual os donos dos restaurantes fingiam tirar o corpo fora. Aos garçons, como medidas de emergência, restam dois caminhos: exigir salários de gente – o que não é praxe no ramo – e aprimorar seus serviços, que em muitos casos são um verdadeiro escracho.

Naturalmente a abolição da gorjeta compulsória não significa em absoluto o fim dela. Ao contrário, talvez leve a aderir ao regime da concorrência violenta, como já vigora nos serviços de bufê, onde o garçom é cantado e azeitado como medida preliminar para um bom atendimento.

Espera-se que a gorjeta livre dê ao freguês pelo menos a sensação de que é menos explorado, e lhe permita atentar para minúcias da conta, onde nem sempre o total equivale à soma das parcelas.

Lambidela, molhadura, maquia, molhadela, mota, potaba, japa, inhapa, changa, anhapa – seja lá como for conhecida –, a gorjeta resistirá como forma de amaciamento e aparador de arestas. Nos restaurantes, servirá como ponte de entendimento entre o freguês mal informado e os misteriosos humores do cozinheiro – mesmo que liberado de sua obrigatoriedade, o cliente mal servido e que não conseguiu examinar previamente os absurdos preços da carta de vinhos, deixe sobre a mesa após a refeição uma mixica muito das embromadas.

Mas mixica também é gorjeta.

4/11/1975

Coisas de bichos, mas sem compromisso

Era uma vez um macaco velho de guerra, que escrevia palavras em folhas de bananeira e as distribuía aos bichos da floresta. A vida do macaco era se equilibrar nos galhos e cipós, garatujando. Não era fácil. Para espiar o que acontecia nas redondezas, tinha de se agarrar com o rabo onde desse, o corpo balançando no ar. Naquela manhã o macaco acordou e não podia mexer o pescoço.

Uma dor fina e bem lá dentro dos músculos tolhia seus movimentos, impedindo que ele movesse até a cabeça. Aflito, o macaco procurou o tamanduá-bandeira, que tinha consultório médico perto da cascata.

— Doutor, veja o que me aconteceu.

O tamanduá espiou, auscultou, mexeu, perguntou e diagnosticou:

— O amigo está com torcicolo.

Receitou pomada: esfregar duas vezes ao dia e não ficar no sereno.

O macaco fez, e não adiantou. No fim de uma semana, voltou ao consultório.

— Doutor, a dor piora.

O tamanduá-bandeira tornou a examinar, agora preocupado.

— Já era tempo de ter sarado. Acredito que a dor seja decorrência de algum processo que se instalou na coluna.

— E como é que fico nessa história?

— Fica em observação. Parece caso irreversível. Esse torcicolo veio para ficar. Talvez o sr. precise aprender a conviver com a dor.

O macaco teve a tentação de dar um salto pra trás, mas se lembrou a tempo que seria uma dor daquelas.

— O doutor quer dizer que estou condenado a viver assim, sem poder subir lá no alto e escrever minhas coisas?

O tamanduá retirou o estetoscópio do peito e colocou em cima do tronco.

— Procure moderar os movimentos. Não fique se balançando à toa, pulando de galho em galho. Macaco que muito pula quer chumbo.

— Mas macaco vive assim, não sabe viver de outro jeito.

— O torcicolo é seu.

— O sr. não está no meu lugar.

— Mas conheço torcicolo.

— Devo parar de escrever, é o que o doutor insinua?

— Meu caro macaco, não seja bobo. Estou dizendo que você deve continuar escrevendo, se possível até mais do que antes. Apenas evite movimentos bruscos. Não force o pescoço. Vá devagar, e sempre. E esfregue a pomada. Não deixe de escrever e distribuir suas folhas de bananeira, apesar da dor. O exercício diário e intensivo, aliado à natural precaução para não escorregar do galho, é salutar remédio. Com torcicolo, todo cuidado é pouco.

O macaco se foi e seguiu a receita do tamanduá-bandeira.

Pouco a pouco, à custa de muito sofrimento e inesperadas pontadas, aprendeu a preencher suas folhas com riscos e desenhos, e retomou a rotina de trabalho, virando os olhinhos espertos à procura dos fatos. Claro que lá de cima o macaco tinha muito mais visão. Com o correr do tempo, o torcicolo foi-se amenizando, até que o macaco não sentia mais dor alguma e já podia virar a cabeça, sem olhar numa só e forçada direção.

Todavia, mesmo sem dores, e podendo movimentar-se livremente, perdera a coragem de subir nas árvores e viajar de tronco em tronco.

Aborrecido, voltou ainda uma vez ao tamanduá-bandeira, queixando-se:

— Sabe, doutor, eu não tenho mais torcicolo, mas agora tenho medo.

O tamanduá-bandeira retirou os óculos de aro fino e suspirou:

— Rapaz, eu tenho pomada para torcicolo. Mas se eu tivesse remédio pra medo, meu nome seria doutor Leão.

10/8/1976

Protesto (em termos) por não termos

Já havia colocado cinzas sobre as brasas do encerrado carnaval paulista, quando os jornais surpreenderam o público com a notícia de que as escolas de samba iam sair de novo às ruas – agora em plena Quaresma – num desfile nada festivo: em lugar de samba-enredo as escolas pretendiam botar nas ruas um veemente protesto.

Mesmo levando em conta que atualmente a Quaresma já não exige as mesmas abstinências nem os mesmos jejuns de antigamente, até os foliões mais assanhados sempre maneiraram nesta época, se não por respeito ou devoção, ao menos para recuperar as energias gastas; de sorte que a saída das escolas de samba, por extemporânea, exigia um motivo muito especial.

Tratava-se – como diziam os matutinos mais solertes – de um protesto em ritmo de batucada.

Ora, já não se fazem mais protestos como antigamente.

Aliás, já não se fazem mais protestos – de modo que eu não podia perder essa esplêndida oportunidade de juntar a minha modesta queixa possivelmente num canto da bateria ou mesmo na ala dos esquecidos.

Devo esclarecer *a priori* que não fui mordido pelos cães pastores que tomaram conta do público durante os festejos do alegre tríduo, nem fui dos infelizes que desabaram junto com as arquibancadas.

A minha mágoa é mais mofina.

Lembram-se todos que já de algum tempo a esta parte vem faltando nas prateleiras dos supermercados e mercearias esse produto singelo pertencente à família das gramíneas e que o vulgo conhece prosaicamente como arroz.

Pois foi só Momo assumir o poder, ainda que precariamente, e já as línguas negras lhe imputaram a culpa pela ausência do cereal. "O arroz está faltando por causa do carnaval, que não estava previsto pelos órgãos controladores" – diziam. Como se tivesse se escoado por entre os dedos dos passistas.

As marcas mais tradicionais recolheram-se ao anonimato dos pacotes sem estirpe ou procedência ou camuflaram-se sob nomes desconhecidos das donas-de-casa, que são as que mais entendem do negócio. Em suma, o arroz perdeu a fantasia e passou a desfilar no bloco dos sujos, com evidente perda da qualidade – embora seu preço tenha subido lá para o alto da tribuna de honra.

Como Momo, pra início de conversa, não tem nada a ver com o fenômeno, as escolas de samba (pensei eu ingenuamente) iam hipotecar-lhe solidariedade, descendo o cassetete e soltando os cachorros atrás dos sonegadores, intermediários, atravessadores e coisa e tal, aparentemente os verdadeiros culpados da situação.

Fiado nessa ilusão, providenciei uma faixa alegórica suficientemente sucinta para não deixar dúvidas sobre minha posição contestatória: "Abaixo o arroz quirera. Salve as escolas de samba, defensoras do povo!".

Não levei cuíca ou tamborim porque me falta jeito para instrumentos de percussão ou atrito, mas não me poupei de meter à cabeça um chapéu de saco de papel (aliás, ex-saco de arroz), com o que fiquei deveras brejeiro. Ao chegar ao delta do vale do Anhangabaú, preparei-me para a incorporação ao desfile, mas logo vi que não dou para a folia: aos gritos de "Vitória, Vitória", uma pequena multidão sambava, carregando um esquife onde se destacava um cacho de bananas, que representavam os jurados encarregados de julgar as escolas.

As bananas me desconcertaram de imediato.

Perguntei a um da confraria o que fazia ali a musácea, mas o rapaz se fez de surdo.

— Não protestam contra o desvio de arroz? — consultei então uma jovem contorcionista, que me pareceu compreensiva.

— Sem essa. Protestamos contra o resultado do concurso das escolas de samba. Depois vamos mandar um memorial e, a seguir, entraremos com um mandado de segurança. Nós vamos partir pro porrete. Queremos a moralização do carnaval.

Também sou a favor da moralização carnavalesca, o que não impediu de me sentir extremamente ridículo com aquela faixa e aquele chapéu, eu ali brigando pelo arroz de cada dia — quando há tantas moralizações e assuntos mais sérios de que cuidar.

Espero apenas que os sambistas consigam sensibilizar as autoridades com seu protesto, pois será um bom precedente. Amanhã, poderemos organizar passeatas de escolas de samba para reivindicar mais controle sobre os outros gêneros de primeira necessidade, para que o abastecimento não sofra percalços em seu ritmo e nem haja proteção para os atravessadores — do samba ou do mercado.

18/2/1975

Fantasias para quem não as tem

Atendendo a numerosas consultas de foliões menos abonados, que não têm tempo (e muito menos dinheiro) para executar as chamadas fantasias-de-enredo, vamos dar hoje algumas modestas sugestões que podem ser aproveitadas nos três dias de carnaval, com gastos mínimos e apenas um pouco de imaginação.

Trata-se de uma colaboração desinteressada ao povo que ainda acredita nesse negócio de tríduo momesco (com o perdão da palavra). As criações abaixo são exclusividade de madame Mimi Campos Flor e foram cedidas graciosamente para esta coluna, como mais um serviço de utilidade pública à coletividade.

Todas as fantasias são do tipo casa-popular: devem ser usadas imediatamente, antes que acabem.

"Pierrô Gamado": um litro de vermute tinto, dois copos de vermute vazios, um pacote de duzentos gramas de amendoim (sem casca), um esparadrapo no cotovelo esquerdo, um chapéu cônico de papelão (aconselha-se dar uma demão de verniz marítimo), um saco cheio de serpentina. O litro de vermute tinto, os dois copos vazios e o pacote de amendoim devem ser amarrados no pescoço com cordinha de náilon, para maior efeito cênico.

"Você Pensa Que Cachaça É Água?": um litro de aguardente, dois copos de pinga vazios, duas manjubas fritas, esparadrapos nos cotovelos e na testa. Nenhum chapéu. Dois sacos cheios de serpentina (pode ser serpentina de alambique). Botina amarela é recomendável, mas não necessária.

"Rabo-de-Galo": um litro de vermute tinto, um litro de

aguardente, quatro copos vazios pendurados no pescoço com embira. Botina amarela, três sacos cheios de serpentina e duas penas de rabo de galo na cabeça. A camisa pode ser de algodãozinho, manchada de graxa. Calças de brim, arregaçadas. Manjuba ou amendoim, dependendo do gosto do folião, nunca misturando os dois tira-gostos.

"Índio Nacional": um cavalo branco, um rifle de trinta e seis tiros, um par de calças de couro com franjas, esporas, um estandarte de guerra bordado a cores, dois escalpos de mocinho e material de *camping* completo, incluindo churrasqueira. Para maior autenticidade, recomenda-se atrelar ao cavalo um *trailer*.

"Índio Pele-Vermelha": meia tanga, uma borduna, um afoxé e um saco cheio de pirão de peixe.

"Executivo": terno de terilene completo, gravata italiana, camisa francesa, maleta 007, roupas de baixo, sapatos de cromo alemão, cabelo cortado a navalha e penteado com laquê. A fantasia é completada com uma bicicleta para teste ergométrico e um atestado de enfarte.

"Comigo, Não": uma rede de malha, um litro de uísque escocês falsificado, bermudas, gelo à vontade e óculos escuros. Óleo para bronzear a pele e uma piscina portátil, cheia de água. Cuidado para não derramar no salão.

"Capitalista Azarado": calça de brim tipo faroeste, camiseta sem manga, uma britadeira manual de ar comprimido, capacete amarelo, botas de borracha, de preferência pretas. Marmita absolutamente vazia e um saco bem cheio de confete.

"Ave-do-Paraíso, Mas Nem Tanto": plumas nas costas, nas pernas, no ventre; paetês, um manto de filó, com grinalda de folha de abacateiro. Saiote de encerado de caminhão e tênis.

"Fórmula Um": seis pneus Goodyear, um litro de Bardhal, quatro quilos de açúcar União, fita azul e cinta encarnada. Essa fantasia sai de graça, porque os patrocinadores pagam tudo. Cigarros, a combinar.

"Loira Endiabrada": véu transparente, cabelos loiros, cílios postiços, mais nada. Geralmente, esse tipo de fantasia leva guarnição: um bloco de admiradores gritando coisas francamente impublicáveis.

"Morena Endiabrada": véu transparente, cabelos pretos, cílios postiços e brincos. Mais nada. Também leva guarnição.

"Saudades do Matão": peruca branca, um cavaquinho, óculos de tartaruga, bengala e palheta. Um frasco de óleo-elétrico para friccionar as juntas reumáticas, de quinze em quinze minutos. Borzeguins e ceroulas.

"Avante, Juventus": cabeleira hirsuta, barbas longas, bigodes pendentes, sandália havaiana, amuleto de ferro no pescoço, camiseta de algodão (com dizeres do tipo "Eu Sou Mais Eu"), calças desbotadas. Essa fantasia deve ser preparada com um mínimo de quatro dias de antecedência, a partir do último banho de semicúpio. Em recintos fechados, recomenda-se o uso de desodorante.

5/2/1975

PAISAGEM
COM NATUREZA VIVA

Primeiro relatório sobre Ofélia

Eu a chamo de Ofélia, mas na verdade não sei seu nome.

Sei apenas que é a moça mais bonita que viaja no metrô. Pelo menos pro meu gosto. Ela sobe no Jabaquara, eu subo na Vila Mariana. E descemos os dois na Liberdade.

Eu viajo sempre de terno e gravata, além de carregar minha pasta de executivo tipo 007, com documentos importantes: as duplicatas a cobrar e o borderô pro banco. Me considero, com justiça, um tipo boa-pinta. E sou. As meninas me gamam. Sou também exímio dançarino e jogo na extrema-esquerda do melhor time da várzea. Sou um cara legal.

Mas Ofélia não dá bola.

Ou melhor: olhar, ela até que olha. Mas é aquele imenso olhar de gelo, aquele olhar distante, aquele olhar de nada-querer, o tipo do olhar de gerente de banco quanto te diz — "Meu caro, operações de crédito canceladas".

Descemos os dois, Ofélia e eu, na Liberdade. Já a segui, com a discrição que me é própria, ela numa calçada e eu na outra. Ela foi por aqui, dobrou ali, entrou na praça João Mendes — por um momento pensei fosse ela escriturária do Fórum. Me pareceu que ela levava jeito de escrevente do Fórum. Possivelmente do Fórum cível... Mas Ofélia passou diante do Fórum e nem parou. Seguiu para os lados da rua Tabatingüera. O que iria Ofélia fazer na rua Tabatingüera, isso eu não podia nem imaginar. Talvez ela trabalhasse como manicure num salão de beleza, ou então fosse balconista de uma perfumaria, qualquer coisa assim.

Me deu aquela tentação de seguir Ofélia; até me pareceu que eu estava um pouco enciumado. Ofélia parecia minha mulher. E, vai ver, não era nem minha namorada.

Não era nem Ofélia.

Eu é que inventara o nome.

Não sei se vocês conhecem a rua Tabatingüera, mas a rua Tabatingüera é fogo. Tem uma ladeira que não é mole. Eu cai na besteira de descer a ladeira até o fim, fui dar no Glicério, quase em frente ao quartel.

Ofélia atravessou toda a praça, passou por cima da ponte do rio Tamanduateí, quando dei fé estava perto do gasômetro, aquele cheiro de gás me entrando pelas narinas. Tenho alergia a cheiro de gás, me dá logo vontade de espirrar. Espirrei umas três vezes, acho que até mais. E logo minhas mucosas começaram a ficar intumescidas. Não sei se já lhes falei, mas sofro também de coriza.

E Ofélia andando.

Até que chegou uma hora em que ela parou diante da porta de um prédio, entrou no corredor, desapareceu na penumbra. Deve ter tomado o elevador. Olhei o meu relógio: oito e quarenta e cinco. Meu horário de pegar o batente é oito e trinta. Cheguei atrasado, assobiando para disfarçar. Tenho uma certa autonomia, mas o chefe da seção gosta de me tirar o pêlo, só fez dizer: – Caiu da cama, rapaz?

Eu não deixei barato. Respondi: – O metrô atrasou. Furou o pneu do metrô.

A piada é velha, a gente usava isso no tempo dos bondes. É uma piada velha, mas continua enchendo a paciência dos chefes de escritório.

Não deixei barato.

Acho que fiz bem.

Já não bastava a aporrinhação com Ofélia?

Mais tarde saí para fazer as cobranças e passar pelos bancos. Tomei uma média com pão e manteiga. Sempre tomo uma média, ou uma caracu com ovo. Esse dia tomei uma média com pão e manteiga. No fundo da xícara, boiando no leite com café, me parece ver o rosto de Ofélia.

Não sei se faço bem em contar estas coisas a vocês. Mas se não desabafar com vocês, com quem vou me abrir?

Uma balconista da rua Direita

Encontro por acaso Ofélia, aquela do metrô. Fazia bastante tempo que não a via. Vestido estampado, sandálias, os cabelos soltos, o mesmo rosto juvenil.

— Olá!

— Olá!

Estranhei tivesse descido ali na estação São Bento.

— Você não ia só à Liberdade?

Mudou de emprego. Estava chateada com a oficina de costura, onde fazia bolsas de couro falso. Para falar a verdade, estava cheia daquilo. Descia a rua Tabatingüera, subia no prédio estreito e alto. No sétimo andar, saía do elevador, pegava a primeira porta à esquerda. A oficina era ali, não sabia?

Nem desconfiava.

Uma saleta escura, abafada, com máquinas que roncavam e punham a cabeça doendo. Na hora do almoço, tocava a campainha. As moças se erguiam, sacudiam do colo as tiras de material, as aparas de forro, as argolas defeituosas, esticavam um pouco as pernas antes de pegar a marmita.

Todas levavam marmita.

— Adoro omelete de cebola.

Nunca podia imaginar que Ofélia gostasse de omelete de cebola.

Esquentava a marmita, com arroz, feijão. Uma vez por semana, se cotizavam, iam até o fruteiro lá no parque, compravam laranjas, maçãs, jabuticabas, abacaxi, uva quando era tempo de uva, mamão. Almoçavam só frutas. Isso uma vez por semana.

Mas ganhavam pouco.

Uma outra coisa aborreceu muito Ofélia, além do dinheiro curto: o rapazinho de maleta tipo executivo que deu de persegui-la praticamente todos os dias. Cara de criança, metido a bestinha, querendo saber das coisas. No carro do metrô vinha paquerando, não desgrudava os olhos. Uma vez até se encostou. Tanto fez que acabou se engraçando. Trabalhava num escritório de contabilidade, metia-se em repartições, passava o dia recolhendo guias de impostos e ainda ajudava na escrituração de livros fiscais. Pau para toda obra. Insinuante, boa conversa, estudante noturno. Estava de mala pronta para tentar exames na Bahia. Grudou em Ofélia. Elogiava seus cabelos, seus olhos, sua boca. Esse negócio que todo ele faz.

Um dia Ofélia chegou e abriu o jogo:

— Qual é a tua, cara?

Ele disse:

— Amizade. Sou um tipo carente de amizade.

Ofélia ficou um tempo pensativa, cismando. Não tinha nada contra ele não, até que era simpático, o pai bem que gostaria que ela namorasse um moço assim de futuro, mas de repente ela se lembrou da saleta escura onde passava o dia, debruçada sobre o cheiro acre das peças de couro enrolado.

Se viu esquentando a marmita, o rapaz ao lado, de maleta tipo executivo.

— Pois vou te dizer uma coisa: eu dou um duro desgraçado. Olhe minhas mãos.

O rapaz espiou, sem nenhuma vontade.

Esmalte esfolado, pele grossa, até calos. Uma mão feia, e a outra também. Foi bacana, ele disse:

— E daí? Puxa, eu simpatizo com você. Não posso simpatizar com você? Não estou a fim de fazer nenhuma besteira, seguro as pontas. A gente viaja junto todos os dias.

— É, isso é verdade.

Mas aí ela foi reparando que ele já não fazia questão de tomar o mesmo carro. Às vezes ficava ali naquela conversa sem assunto, sem fôlego.

Ofélia (ficou vermelha quando disse isso) passou a cuidar um pouco mais das mãos, cortava cutícula, foi à manicure. O rapaz nem se deu conta. Cruzavam-se outras vezes de longe, na estação do Jabaquara, apenas um aceno.

– Você não acha isso muito besta?

Fez uma pergunta, esperando uma definição minha. Disse-lhe que essas coisas não contam. A gente tem de passar por cima.

Está trabalhando agora na rua Direita. Balconista.

É uma bela moça; o que impressiona nela são os olhos de um anil muito claro, quase verdes.

Convidei para tomar um cafezinho, ela disse que já estava em cima da hora, ficava para outra vez.

9/1/1976

Como conheci Carlitos

Ainda bem que não tive avós que me obrigaram a ir à igreja. A única avó, que me lembre, era uma antiga fotografia na parede da sala, silenciosa e austera no seu coque e na moldura ovalada. Portanto, não dava palpites.

Coroinha, bem, isso eu fui, mas de livre e espontânea vontade. Talvez não tão tarimbado quanto o Mino Carta, que respondia *"prosit"* com leve inflexão de cabeça e tinha uma pronúncia bastante romana ao desenrolar o *"suscipiat Dominus sacrificium de manibus tuis"*, prova de resistência para qualquer acólito com brio na cara. Sou sincero: minha pronúncia tinha mais sotaques barês, de peixeiro, típica de coroinha do Brás. De fato, estagiei bom tempo na paróquia do Bom Jesus – o que tinha olhos de vidro e manto de veludo vermelho. Meu passe foi depois comprado pelo bairro da Mooca, cujos fiéis necessitavam de reforço; assim passei a fazer parte do time de São Genaro. Nessa época o Walter Silva – mais exatamente o Pica-Pau – transava na sacristia do Dom Bosco e, se não me engano, cantava no coro. Ângela Maria, parece, também começou assim.

Aproveitei minha acolitagem para assistir a todos os filmes de Carlitos – e quando digo todos é todos mesmo. Não existe filme mudo de Charlie Chaplin que eu não tenha reprisado pelo menos cinco vezes. Nos intervalos das sessões recebi precárias lições de catecismo. Essa a regra mais ou menos geral. Sem dúvida o currículo foi depois modificado e talvez até abolido, porque conversando hoje com alguns companheiros de redação, bem mais moços e quase todos especialistas em alguma coisa, descubro pálido de espanto – como diz meu querido Plínio Marcos – que a maioria deles jamais rolou de rir com o bombeiro Charlie, e muito menos desconfia o que seja o itinerário de Belém ao Getsêmani, confundido este, acidente geográfico do maior drama do mundo, com o cemitério da Cúria Metropolitana. Naturalmente não estou querendo dizer com isto que todo jornalista mais ou menos informado deva saber explicar o mistério da Santíssima Trindade, coisa que a meu ver somente o Paulo Francis seria capaz de fazer com clareza e rapidez. Mas não sei como devem sentir-se, numa Sexta-Feira como esta, os repórteres destacados para escrever duas laudas sobre a Paixão de Cristo sem apelar para os espetáculos de circo e para o folclore. Creio que o melhor seria dar uma espiada nos Evangelhos, os quatro, que aliás se completam; mas que adianta ler aquelas páginas como quem lê novela? Além do mais, a leitura precisa ser complementada com outros documentos, digamos os Atos dos Apóstolos, as cartas; ora, convenhamos que isto é o mesmo que exigir a leitura de *O capital* antes de uma simples passeata de protesto contra a carestia.

Eu reconheço que precisei deixar de ser apenas coroinha para entender que esta civilização não é cristã como se diz. E descobri, prestando alguma atenção, que a mensagem daquele homem chamado Jesus transformou-se em sal: integrada na vida, ela não é feita para ser separada do todo; ou você a sente, ou ela não existe. Para os que crêem, consumou-se ali o episódio da integração de Deus na história da humanidade; essa integração não interfere no destino da criatura enquanto instrumento das modificações terrenas. Cabe ao homem atuar no que é do homem, e não foi derrogada a lei de não pronunciar o nome de Deus em vão. É inútil invocá-lo nos discursos políticos e manifestar confiança nele nas cédulas de dinheiro; da mesma forma é inútil negá-lo como condição indispensável para modificar regimes de governo. Uma das revelações claras do Evangelho é que sua mensagem não tem fim, não se destina a uma época, nem beneficia a um povo único. Para isso ela foi difundida nas montanhas e nos vales, à beira dos lagos, em terra firme e sobre ondas revoltas. Não há uma só palavra de seu texto que precise ser dita em segredo. Claro, é uma mensagem que pode ser traída. Que fez Pedro, se não negá-la? Eis aí um homem como nós. Mas é a volta de Pedro, acima do medo e do desespero, que marca o curso de seus passos seguintes.

Bem, eu pretendia dizer apenas que gosto muito dos filmes de Carlitos.

8/4/1977

Um caso de certa gravidez

Cena de farmácia:

Senhora grávida chega e pede um remédio — um tal de não-sei-o-quê com flúor — indicado para gestantes, lactantes e receitado por seu médico. Sendo a gestação e a lactação períodos de grande atividade fisiológica, com aumento das necessidades nutritivas — diz a bula —, o remédio não-sei-o-quê é principalmente indicado nesses períodos. Até aqui, tudo bem.

O referido medicamento é útil também em grande número de multíparas (a linguagem da bula não é mole) que se acham sob dieta de controle de peso, pobre em vitaminas e minerais; ou que apresentam carência de ferro devido a sucessivas gestações.

O balconista sobe na escada e traz uma caixinha com trinta drágeas e a etiqueta: "Não-sei-o-quê com flúor". É o que está escrito. Preço: 20 cruzeiros e lá vai pedrada. Incluído o flúor, supõe-se.

A gestante chega em casa com a caixinha e, por uma dessas curiosidades muito naturais, resolve dar uma espiada na composição do produto. O "Não-sei-quê com flúor" contém vitamina A, D, C, tiamina, riboflavina, nicotinamida, piridoxina, vitamina B12, pantotenato de cálcio, ferro, cálcio, iodo, cobre, manganês e magnésio.

Ué, e cadê o flúor? — espanta-se a gestante.

O flúor não aparece.

Então. Por outra dessas curiosidades muito naturais, a senhora grávida chama o marido, conta o curioso episódio, e ambos, com cuidados extremos, resolvem investigar a etiqueta colocada na caixinha de medicamento. Levantando aqui, puxando ali, descobrem, bastante surpresos, que a etiqueta de "Não-sei-o-quê com flúor" havia sido colada sobre outra etiqueta de "Não-sei-o-quê" (sem flúor), sem dúvida com o inefável propósito de tapear o infeliz consumidor – no caso, gestante ou lactante.

E, naturalmente, furtado no preço.

Pois é: o produto sem flúor, conforme mostra a etiqueta original (coberta pela segunda), devia custar ao público pouco mais de 11 cruzeiros.

A senhora grávida conta o caso a um conhecido e tem a paciência de lhe levar a caixinha do remédio, com bula e etiquetas ainda não totalmente descoladas, de modo a permitir comprovação do embuste.

– O que você acha disto?

O conhecido diz o que acha:

– Trata-se de uma adulteração, com propósitos indiscutivelmente safados, arquitetada possivelmente na farmácia – esta, aliás, situada em lugar de movimento, não é o que se chama uma farmácia de fim de mundo.

A senhora grávida pergunta:

– Devo reclamar?

O conhecido responde que, a seu ver, cabia uma reclamação a Dom João VI, ou ao Marquês de Maricá, pessoas de sensibilidade que sem dúvida se mostrariam revoltados diante do abuso e tomariam alguma providência eficaz. Como, todavia, ambos estão definitivamente mortos e sepultados, a reclamação não passaria de mera força de retórica. O melhor seria a senhora comprar outra caixa de medicamento, numa farmácia honesta.

– Qual delas? – pergunta aflita a gestante.

– Possivelmente num estabelecimento que tenha à frente um farmacêutico responsável, conforme, se não me engano, determina a lei federal (estará em vigor ou foi revogada?). É o que posso sugerir. Uma farmácia cujo livro de receitas funcione e esteja em dia, e não dependa da passagem esporádica de um falso responsável, que, mediante módica contribuição, se disponha a dar seu visto e seu respaldo profissional a pequenos e grandes aventureiros.

— Oh! — fez a mulher grávida, desiludida.

E mais não perguntou, nem lhe foi respondido.

Pequena fábula

Era uma república modelo.

O país não tinha vulcões, nem enchentes, nem formigas.

Os juízes julgavam com isenção, os legisladores legislavam com descortino e os governantes sem prepotência. Os cidadãos obravam segundo sua capacidade e tendências.

A população dividia-se em dois grupos principais: os civis e os militares. Os civis circulavam à paisana; os militares, fardados.

Terra farta, próspera. Havia pitangueiras nas ruas e as portas das casas não tinham travas ou trincos.

O exército reunia duzentos e quarenta e quatro homens, todos armados de porretes, para o que desse e viesse.

A marinha tinha três navios, dos quais um no estaleiro, em reparos; e um submarino, que desfilava sobre uma jamanta nas festas cívicas. Como não havia belonaves em número suficiente para acolher todos os marinheiros, estes dedicavam-se à pesca e eram regularmente convocados para ajudar os cegos a atravessarem as avenidas.

A aviação compunha-se de quatro aeroplanos; eles faziam cabriolés e vôos rasantes sobre os pastos. Vivia-se feliz.

Nunca se ouvira falar ali de cambalachos, trutas, mamatas, maquinações e corrupção de nenhuma espécie.

Os homens públicos eram notáveis: por onde passavam exalava de seu rastro um doce odor de honestidade.

E os particulares que se dedicavam ao fabrico e ao comércio de mercadorias faziam-se reconhecer por sua integridade e retidão de caráter.

Aspirava-se em toda parte uma brisa de confiança recíproca.

Delegações estrangeiras visitavam o país para estudar aquele fenômeno social que desafiava a prevaricação geral; e de tal forma o nome e o conceito da nação se projetavam além de suas fronteiras que os governos vizinhos começaram a ver nesse crescente prestígio uma ameaça à paz e à harmonia mundial.

Iniciaram-se investidas torpes para minar a resistência moral do país e do povo; um grupo de traficantes ofereceu, como bonificação de contrabando, uma partida de uísque falsificado capaz de manter em funcionamento por seis meses uma cadeia de inferninhos, que por sua vez alimentaria uma rede de hotéis, os quais se encarregariam de incentivar o lenocínio, iniciando o próspero negócio do tráfico de brancas e pretas no prazo máximo de um ano.

Outro grupo propôs montar um esquema de dopagem clandestina de cavalos pangarés, que seriam postos a correr no prado todos os dias da semana, tomando os salários dos incautos, com os lucros astronômicos rateados entre as autoridades coniventes.

Chegou-se sugerir, *in extremis*, a fundação de uma entidade com fins beneméritos de proteção aos grupos marginalizados – aí compreendidos todos aqueles que estivessem em desacordo com qualquer tipo de procedimento insuspeito. Por fim se aventou a idéia de criar, a título experimental, um órgão estatal para incrementar a venda de cadáveres com *know-how* importado, forma sutil de corromper os vivos por intermédio dos mortos.

Essas e outras tentativas menos dignificantes foram repelidas com altivez.

Precatando-se, porém, contra novas investidas, o governo da feliz e honesta república decidiu, após ouvidos os órgãos técnicos, remodelar totalmente sua força aérea, de modo a ficar em posição de repelir ataques inimigos. E a remodelação principiou pela aquisição de 200 mil pára-quedas de náilon, bicolores, fornecidos por uma conceituada empresa de um país-irmão.

A medida foi encarada como normal, embora um ou outro cidadão menos enfronhado em assuntos de segurança estranhasse o despropositado lote de pára-quedas, visivelmente desproporcional à esquadrilha de aviões, que eram quatro. A observação coincidiu com leves rumores, que iam desde reparos à insensatez da medida até insinuações de que uma negociata se perpetrara nos bastidores. Tais rumores desencadearam, por sua vez, reações inusitadas: os juízes já não julgavam as causas com isenção; as leis passaram a ser feitas de afogadilho e cambulhada; e o governo, que não pactuava com fofocas reais ou imaginárias, ordenou que se investigasse de onde procediam os boatos e ondas.

Mal a comissão investigadora deu por iniciados seus trabalhos, ocorreu um desagradável acidente: um dos pilotos dos quatro aviões caiu da razoável altura de 5.600 metros, estatelando-se fatalmente no solo pelo simples e banal motivo de que o pára-quedas não abriu. Tanto bastou o acontecimento para desatar uma infernal boataria. De todos os lados levantavam-se sussurros de que os 200 mil pára-quedas eram imprestáveis, não valiam coisa alguma, não passando de reles pretexto para acobertar grossa maroteira.

A oposição, que não perde vaza nessas horas, botou a boca no trombone e assacou acusações virulentas. Os eternos insatisfeitos ameaçaram fazer uma passeata de protesto. E mesmo a imprensa deu uma ou outra nota sobre o assunto, sugerindo que se examinassem os pára-quedas, um a um, antes que outro piloto se desse mal.

Mas aquela era uma república honesta.

O próprio presidente, de cuja lisura ninguém duvidava, achou que devia dar pessoalmente uma satisfação ao povo. E anunciou que no dia seguinte saltaria, ele mesmo, com um dos 200 mil pára-quedas escolhido ao acaso.

Juntou-se gente a dar com pau. Associações de classe, escoteiros, sindicatos, empresários, trabalhadores, biscateiros, sábios e ignorantes, damas da sociedade, maquinistas, ganhadores da loteria, todos se reuniram na praça principal – e viram quando, brioso e heróico, o presidente saltou do aparelho, em seu pára-quedas bicolor.

No dia seguinte, com honras fúnebres e salva de 34 tiros, o presidente foi sepultado.

O segundo pára-quedas também não abriu.

16/10/1975

Então, no ônibus 959, aquele gesto

O ônibus Capão Redondo–Anhangabaú está vindo pelo seu itinerário normal – que aliás não é curto – no sentido bairro–cidade.

Capão Redondo fica um pouco pra lá do bem-longe e os ônibus da linha são obrigados a passar por muitas ruas e avenidas antes de chegar ao centro da cidade. Algumas das ruas, praças e avenidas têm nome de professor (como é o caso da praça onde fica o ponto inicial); outras têm nome de sargento, tenente e capitão; e há, como não podia deixar de haver, patentes ainda mais altas e medalhões. Lá estão o general Carlos Araújo e o marechal Floriano Peixoto, aquele na placa da rua, este na placa da praça. Para só citar de passagem, lembro outros nomes: Pedro de Toledo, Ascendino Reis, Adolfo Pinheiro e o vereador José Diniz.

Só por esses nomes vós podeis tirar uma fina de como é importante a linha Capão Redondo, embora todos os homenageados recebam a glória de passagem, pois essa é a sina dos preitos das linhas de ônibus às placas das ruas.

Bem, mas deixando esse pormenor de lado, preciso falar hoje do cobrador que se achava em serviço no dia 9 passado, ao meio-dia, no ônibus prefixo 959 da linha especial Capão Redondo–Anhangabaú, da Companhia Municipal de Transportes Coletivos.

Faço uma ressalva imediata: não era cobrador; era cobradora. Loira e bonita, segundo testemunhas oculares. Mas isso não é tão importante. Como dizíamos, o ônibus 959 vinha vindo para o chamado vale do Anhangabaú numa de suas muitas viagens e não mereceria nem duas linhas de atenção se, numa das paradas, não houvesse acontecido o seguinte: subiu uma mulher com uma criança de colo.

A criança vinha amuada, e chorava firme; e a mãe, visivelmente atrapalhada com a criança e com o choro, tinha dificuldades em acalmar o nenê, que aparentava aí coisa de quatro ou cinco meses.

Nessa idade a criança se defende bem é no choro. E aquela estava jogando na retranca.

Ajeita aqui, arruma ali, o garoto cada vez mais indócil, a mãe pagou a passagem, passou pela cobradora e tratou de se acomodar. Não adiantava nanar. O nenê tinha exigências mais sérias. A mãe logo sacou que era assunto de xixi ou cocô.

Como disse, de Capão Redondo até o Anhangabaú é chão.

Emergência a bordo:

A mãe vai trocar a fralda de seu filho.

Ora, sabido é que mesmo nas linhas especiais de ônibus os cobradores e motoristas não ganham para ser babá de crianças. Mas foi então que a cobradora loira e bonita se tocou e falou mais alto um negócio que não consta em nenhum regulamento e em nenhum contrato de trabalho: boa vontade e espírito humano. A moça levantou-se do seu lugar, esqueceu-se de que era cobradora e eis-nos aqui, no ônibus 959, ao meio-dia de quarta-feira passada, na linha Capão Redondo—Anhangabaú, da CMTC, diante de duas mulheres cuidando de um bebê, num raríssimo quadro de ternura e compreensão.

De repente, num ônibus de ferro, engrenagens, borracha, vidros, plásticos e combustível queimado, descobrimos que há pessoas nesta cidade.

O resto da história é muito simples: o nenê, de fralda limpa, adormeceu no colo da mãe, depois de receber um cafuné da cobradora, que com esse gesto passou a ser minha amiga.

Minha amiga desconhecida.

E é a essa amiga que digo: você mantém esta cidade de pé.
Você torna tolerável este clima.

Você nos faz esquecer esta poluição.

Você nos sacode contra este desinteresse quase geral e
contra esta insensibilidade mais dura do que concreto e esta
cegueira de solidariedade mais negra do que asfalto das ruas.

Você, minha querida amiga, é que faz dos passageiros
desta viagem cotidiana – gente.

Só espero que na CMTC exista alguém de antena ligada
e preste atenção na atitude dessa moça.

Talvez ela saiba mais coisas do que precisa saber uma
simples cobradora.

15/4/1975

A galáxia feminina

Estava tranqüilo escutando meu radinho de pilha, quando o locutor se intrometeu na música e avisou que num lugar qualquer do espaço cósmico – muito além do último satélite e do último planeta de nossas relações – fora descoberta uma nova galáxia. Uma galáxia quase infinitamente perdida, distante mais de oito bilhões de anos-luz deste meu pé de mudança e destes gerânios que enfeitam a cerca de ferro batido.

Presumo que oito bilhões de anos-luz sejam coisa excessiva, assim como (apenas para dar um exemplo mofino) ir ao Brejo da Madre de Deus várias vezes, e voltar, e tornar a ir, e novamente voltar, e assim por diante a vida inteira sem parar, e isso tudo, no final da comparação, não ter sido nem sair do lugar.

Acho que deu pra entender que é longe uma coisa que presta.

Não sei verdadeiramente para que serve uma galáxia com seus vários bilhões de estrelas que se atraem por gravidade, mas acredito que ela deve pelo menos sugerir aos homens o ridículo das situações criadas aqui na Terra, uns querendo passar a perna nos outros – e todos querendo passar a perna em mim. Mas ninguém presta atenção nas galáxias: está todo mundo brigando pelo petróleo, pelo canal, pelas eleições, pela paz e pelo progresso.

A primeira coisa que me admira, pois, é saber que um homem deixou de lado estas preocupações banais e torpes de cada dia e mergulhou nos mistérios infinitos, buscando o piscar silencioso de estrelas insuspeitadas. E acabou por descobrir essa galáxia tão longínqua e tão cheia de véus, companheira etérea de nossa Via-Láctea, onde vamos levando a vida a esperar por dias melhores. Pena que, segundo boas informações, toda galáxia tenha muito gás e muita poeira, o que de certa forma a iguala ao querido bairro do Tatuapé, onde por sinal conhecemos Maria Angélica, que trabalhava numa fábrica de tecidos, e que depois acabou se casando com um funileiro, o qual deu sorte e acertou num primeiro prêmio da loteria federal, e a seguir, ofuscado pelo ouro, achou que não precisava mais de Maria Angélica, e principiou por lhe achar mil defeitos, de modo que a mulher acabou por deixá-lo na mão, ele com seu dinheiro; e então ele submergiu em orgias e farras homéricas, prevaricou do primeiro ao quinto, cercado de falsos amigos e mais falsas amigas, até que se viu horrivelmente na dureza, a cornucópia esvaziada e murcha; rastejando como um lagarto manco, lavado em lágrimas, ele voltou para Maria Angélica, que estava agora toda coberta de anéis e brincos de verdade e contudo soube ter aquela imensa misericórdia que só as mulheres que amam realmente têm; e ela acolheu-o, deu-lhe banho de alfazema, untou-lhe os cabelos com brilhantina inglesa, mandou-o a uma loja de crediário, abriulhe completa oficina de funilaria, e reiniciou a vida em comum. E para os que se espantavam com essas coisas no Tatuapé, ele, o marido arrependido, exclamava:

— Maria Angélica também ganhou na sorte grande.

Enfim, como dizíamos, uma galáxia é exatamente isto: uma reunião de estrelas, poeira e gases, com nomes poéticos, como essa Andrômeda que Walter Baade pesquisou nas suas mais íntimas estruturas. Mas uma nova galáxia não mais nos comove. Espantamo-nos, sim, que Maria Angélica tenha perdoado seu marido pródigo, e o tenha recebido de volta com os braços abertos e o peito arfante de saudade e sustos, e tenha cedido à voragem de seu amor, e tenha apagado o passado com a esponja de seu arrependimento; isso nos espanta e nos comove. É que os homens não sabem que no peito de cada mulher, adormecida, existe uma galáxia em flor, imperecível, distante e perto, às vezes apagada, mas pronta a mostrar sua luz no firmamento, bastando apenas que eles – os homens – a saibam ver e sentir e buscar.

Bem, isso, pelo menos, é o que dizem os astrônomos.

5/7/1975

Todos os homens são iguais. Perante a gripe

Peguei uma gripe.

O leitor não tem nada com isso.

Nem o assunto merece que se gaste com ele este precioso espaço.

É um tema vulgar, chinfrim, banal.

O que é uma gripe, diante da Bienal?

O que é uma gripe, diante da reunião da Sociedade Interamericana de Imprensa?

O que é uma gripe, diante da tromba-d'água na cidade de Campos?

O que é uma gripe, diante da viagem do Kissinger à China?

O que é uma gripe, diante das prisões que os jornais anunciam?

O que é uma gripe, doutor?

A gripe não é um fato importante.

Ah, por favor, deixem-me falar de minha gripe.

Começarei por descrevê-la: atroz, ácida, inescrupulosa. Pegou-me de surpresa. Do lado direito. Comprei um emplastro Sabiá (gosto muito de pássaros). Minha mulher pacientemente colou-mo às costas, de acordo com a bula. Uma gracinha. (Fico muito bem de emplastro, segundo dizem.) Circulei por aí, emplastrado. Dois dias após retirei a peça, sob sofrimentos agudos.

Retirar o emplastro é que são elas. Berrei. Berrei, sim.

Minha mulher (santa criatura, meiga alma!), para animar-me, lia-me trechos da Constituição enquanto me arrancava a pele, os pêlos, os poros.

Livre e desembaraçado, pensei que a gripe tivesse se mandado.

Cruel engano. A gripe se instalara em definitivo.

Coriza. Todas as corizas do mundo. Mucosas irritadas, olhos vermelhos, trepidações, caquexias, abalos, palpitações.

Espirros. Milhões de espirros. Espirros em todos os tons.

Aquela profunda sensação de que o progresso humano é um perfeito mito, uma magnífica tapeação. Como acreditar que o homem tenha chegado à Lua, que a humanidade tenha inventado as melhores armas para se auto-destruir numa emergência, que a paz possa ser discutida a sério – se nem sequer se achou um remédio honesto para encarar a gripe?

Todo gripado torna-se um pessimista.

O gripado não acredita em raio-laser.

O gripado não acredita em decreto-lei.

O gripado não acredita em ato institucional.

O gripado não acredita em cheque visado.

O gripado não acredita na seleção brasileira.

O gripado não acredita na distribuição eqüitativa dos bens.

O gripado não acredita em seguro de vida.

O gripado não acredita em mulher.

(Nem em mulher!)

O gripado não acredita em estetoscópio.

O gripado não acredita em serviço funerário.

O gripado não acredita em tratado internacional de não-agressão.

O gripado não acredita em linha demarcatória entre nações.

O gripado não acredita nem nele mesmo.

O gripado não acredita em discurso.

O gripado é um desajustado social.

O gripado é um chato.

O gripado pensa que a gripe dele é a maior.

Só um sujeito gripado – e portanto com conhecimento de efeito – é que entende o Brejnev e aceita que ele faça pouco caso do protocolo, desfazendo do bom presidente Giscard.

Só um gripado entende e afina com outro gripado.

O espirro de Brejnev é o espirro de todo cidadão gripado, independente de ideologia.

O espirro de Brejnev é meu espirro.

E nosso espirro – sem falsa modéstia – é o espirro de Ford.

Sinto-me hoje, pois, importante e poderoso.

Estou gripado.

A mesma gripe de Brejnev, a mesma gripe de Ford.

Os três macambúzios, encafifados, aturdidos, mal-ajambrados.

Os três espirramos, os três assoamos o nariz, os três colocamos o termômetro sob as axilas, os três estamos febris. Os três com as narinas congestionadas.

Não é belo, leitor?

Não é gratificante saber que, a quilômetros de distância, em pólos opostos, independente do que pensamos e do que fazemos, três homens estão gripados – e portanto unidos?

Independente dos regimes políticos – independente até dos regimes alimentares – a gripe é a primeira grande invenção para igualar os homens.

Alguém já havia pensado nisso antes?

Ergo, pois, meu brinde à gripe:

– Atchim, amigos.

– Saúde, leitores.

22/10/1975

Cautela, um remédio segundo a bula

Uma alma aflita me mandou coristina.

Outra remeteu uma caixa de melhoral. Um antigo secretário do Tribunal de Alçada me recomendou sinapismos. Senhora de minhas relações sugeriu phitolacca, em doses homeopáticas, cada duas horas. O vizinho da esquerda garantiu que era caso para beladona. Velha tia (que não via há tempo) mandou avisar que aplicasse ventosas.

Um receitou antibiótico em supositório. Alguém preconizou um escalda-pés. Certo leitor insistiu que soubera de casos curados com semicúpio. Outro mandou de presente dezessete envelopes de vitamina C.

Duas moças que trabalham ao lado ofereceram chá de limão.

Enfim, fui mimoseado com dezenas de mezinhas – desde leite com açúcar queimado até banhos de ervas aromáticas.

A solidariedade recebida foi extrema e comovente.

Aproveitando o breve período que meu telefone não apresentou defeito na última semana, vários desconhecidos se interessaram em curar minha gripe.

E houve até algumas pessoas – certamente mal informadas – que chegaram a atribuir à pertinaz e impertinente moléstia a ausência desta coluna diária no dia de ontem.

Me apresso a tranqüilizar a todos, principalmente os credores – se é que isso tranqüiliza alguém –; a ausência da coluna nada tem a ver com gripe ou coisa parecida.

Nunca soube que a gripe seja motivo de força maior. A gripe pode ser, quando muito, um pretexto. Nunca é uma boa explicação. Desta vez, nem pretexto foi. E vamos ser francos: a coluna não saiu ontem porque versava tema de importância discutível, sob o título extremamente oportuno de "Tratado Geral da Cautela".

Fala-se atualmente muito em cautela; um tratado faz-se necessário e com urgência, quer para consultas, quer para dissertações. Aquele era um tratado geral, embora compacto. Procurava pôr tudo em pratos limpos – como se dizia antigamente. E tirar dúvidas.

Há tantas dúvidas no ar!

Tantas perguntas!

Por exemplo:

O que vem a ser a cautela?

Nada mais simples: cautela é o mesmo que caldo de galinha.

Tanto um como a outra, consta, nunca fizeram mal a ninguém.

Mas o tratado não aceitava isso sem mais nem menos. Ponderava.

De fato, pensando bem, por mais virtudes que possa ter a cautela, não se pode viver num permanente regime de caldo de galinha.

Além de enjoar, o caldo de galinha acaba por viciar o paladar. Enfraquece os estômagos. Condiciona a digestão. Desestimula os sucos gástricos. Algumas vezes, fermenta. E há casos em que azeda completamente.

Tanto que caldo de galinha se dá, por determinados períodos, às pessoas que não vão lá bem das pernas: os doentes, os enfraquecidos, os operados, os convalescentes. E mesmo assim com critério.

Não se pode confinar um hospital inteiro a caldo de galinha.

Caldo de galinha tem hora.

Assim a cautela.

De sorte que o referido Tratado Geral da Cautela procurava explicar, com palavras simples, que o imoderado uso conduz ao abuso – e cautela demais, cautela forçada, cautela obsessiva traz seqüelas.

Primeiro: a cautela tira a voz aos pacientes, tornando as pessoas mudas.

Segundo: a cautela pode cegar as pessoas.

Terceiro: a cautela faz as pessoas surdas.

Defeitos graves esses, os da cautela exagerada. Começa suave, quase imperceptível, igualzinho a uma gripe, mas tem uma incrível facilidade para se alastrar, contaminar, agravar. Vira surto, epidemia. E então os sintomas são graves: a pressão geral sobe, a temperatura se descontrola, a respiração se torna ofegante, o sangue não é bombeado para os órgãos vitais.

Alguns especialistas entendem que a cautela – depois de cegar, de ensurdecer e de emudecer – degenera rapidamente na covardia. Aí já é tarde. Não há vacina, nem antídoto.

Felizmente, assim como ninguém morre de gripe, a cautela não chega a ser uma doença mortal.

Mas a covardia é.

Enfim, o Tratado Geral da Cautela versava o assunto com base principalmente na tradição oral, que é essa verdade transmitida de boca em boca e de orelha em orelha.

Sem dúvida, o tratado não chegava a ser uma obra definitiva; mas continha elementos para servir de subsídios aos que no futuro se debruçarem sobre tão vasta e tão pouco pesquisada matéria.

Uma tentativa – como se diz. Uma tentativa bem intencionada.

Porém malograda porque, à ultima hora, sucedeu que uma de minhas leitoras – no afã generoso de curar a gripe (também ela!) – cismou de me submeter a complicado tratamento de emergência que consiste em botar as barbas de molho em água morna, cozinhar tudo em banho-maria, até que a coisa se amacie.

– Que coisa? – perguntarão os leitores.

Aí é que está! Forçoso é confessar que nem mesmo o Tratado Geral da Cautela tinha resposta a essa pergunta.

Suspendeu-se portanto sua publicação, até que a coisa se defina.

De resto, o tratamento das barbas de molho é rigoroso. Chega-se até a suspender aqueles remédios ingênuos – sem contra-indicações e que fazem bem a saúde – pelo único motivo de que contêm, ao pé da bula, a recomendação: agite antes de usar.

24/10/1975

Outra fábula (muito antiga)

No tempo em que se costumava atirar gente aos leões – e portanto muito antes do surgimento da televisão e dos jogos pan-americanos – apareceu um homem de coração e alguma sensatez, dizendo que aquilo era crueldade e não ficava bem para a boa imagem do império.

Tinha suas razões: primeiro porque as pessoas eram retiradas de circulação e enviadas para os depósitos de presos assim ao vai da valsa, enquanto os leões esfomeados urravam ao lado.

Segundo, porque as pessoas tinham muito pouca chance com os leões, que eram treinados justamente para aquele negócio de comer o sujeito por uma perna.

Para o homem, tudo isso pegava mal; mas o espetáculo dos leões comendo as pessoas dava ibope, arrastava multidões, fazia o público delirar e, de certo ponto de vista, parecia absolutamente necessário ao imperador. Este sabia muito bem que o povo aceita qualquer parada, desde que não seja ele a enfrentar o leão na arena.

Todas as semanas havia sessões corridas.

Os leões fazendo misérias.

O bom homem resolveu bater uma caixa com o imperador.

O imperador recebeu-o muito bem, mandou servir vinho, e perguntou o motivo daquela honrosa visita.

– Imperador, estou aqui para ver se Vossa Majestade, que é um homem com quem se pode conversar, resolve dar um jeito de regulamentar as lutas entre as pessoas e os leões. Como está, só dá leão invicto. O leão é sempre o favorito! O negócio já está ficando chato.

O imperador deu uma baita risada, e falou:

— Meu caro, quem inventou essa luta não fui eu. Pessoalmente, também acho esse esporte muito desigual e com brutalidade exagerada. O ideal é que o leão também pudesse ser comido de vez em quando, só pra ver como dói uma saudade. É isto: não concordo com a luta, nos regulamentos atuais. Mas não tenho condições de mudar os regulamentos. Falei.

Bastante aborrecido, o homem pediu licença e retirou-se. Pensou, pensou, até que se decidiu por uma atitude heróica. Foi convencer os leões de que aquilo era uma sujeira. Entrou na arena, bateu o pé, ajeitou as calças, e ficou aguardando a entrada dos bichos.

Os leões entraram. E entraram pra valer. Caíram de patada em cima do homem, enquanto este tentava argumentar.

— Calma, calma, minha jogada é outra. Prestem atenção, por favor! Eu não sou de briga; apenas acho que essa violência toda não vai levar a nada, a não ser provocar desconfiança dos cidadãos. Leão nenhum vai ter boa reputação daqui pra frente.

Diante de tão belas palavras, os leões sossegaram um pouco e conversaram entre si, decidindo que o homem, na verdade, não estava totalmente despido de razão. Ao contrário, suas palavras revelavam um espírito desarmado. De modo que os leões suspenderam a pancadaria, deram meia-volta e entraram novamente nas jaulas.

Deslumbrado, o homem recolheu os restos de seus destroços — visto que os leões já haviam feito imensos estragos — e saiu rastejando da arena, o corpo dorido, lanhado e massacrado, mas satisfeito com a consciência do dever cumprido.

De fato, suas palavras haviam sensibilizado até os leões.

Quando se encontrava, porém, no corredor que dava acesso aos vestiários, o homem foi agarrado de inopino por dois braços musculosos, que o ergueram no ar e o atiraram contra uma parede, rachando-lhe o crânio. Enquanto seus olhos se fechavam para sempre, vislumbrou a figura enfurecida do domador dos leões, encarregado de dar comida às feras e abrir-lhes a jaula.

Moral da fábula: Mais perigoso do que o leão é quem o solta.

30/10/1975

Paisagem com natureza viva

Sempre que viajo de ônibus, e ele pega a estrada, aparece uma mão de ferro vinda parece que do bagageiro e, sem que os outros passageiros percebam, desenrola a cortina, devagar. Acontece de dia, e não é a primeira vez. Já experimentei trocar de número de poltrona, não adianta. O bilheteiro me deu o melhor lugar, aquele que não fica em cima do pneu, nem trepida, nem cansa, nem azucrina. Eu disse muito obrigado, escorreguei uma nota de cinco — a passagem custava uns sessenta —, mas, bastou sair da cidade, a mão de ferro apareceu. Não adianta descrever a mão, porque ela é feita mais de imaginação, varada de aços e canais, sendo montada com arames finos e finos fios brilhantes — plástico, acrílico, gordura de galinha? Sei lá.

Outro dia, cada uma!, como das outras vezes, a mão pintou bem lá em cima da janelinha e retirou a cortina verde, que existe em todo ônibus. A janela ficou luminosa como um vídeo e começaram a aparecer as coisas. Aí, é difícil dormir. Também não me lembro de tudo, mas tome nota, por favor; se esquecer, depois eu completo a relação: na janela do ônibus, rasgada pela mão, apareceram, por ordem de entrada em cena:

Uma cerca de pau, um arame farpado, um capim-gordura, uma chaminé e uma fumaça, uma touca de criança, um bode com os chifres presos numa cordinha, um cachimbo, um lenço branco acenando, um olho com lágrima, um vendedor de sorvete, uma caixa de papelão bem amarrada com armarinhos dentro e escrito de lado "frágil", uma chupeta, um poncho, duas botas com esporas, um chapéu de boiadeiro, um telhado, uma rua, uma porteira, um semáforo, um guarda de capacete branco, uma viúva, um terno escuro, um carregador de boné, duas crianças correndo, um velho de cócoras, uma fazenda, dois pés de coco, um sicômoro, um espigão, mil espigas de trigo, o amarelo do campo, a brisa, o vento, o chuvisco, a nuvem, uma placa escrito "vende-se" e outra placa escrito "aluga-se", um anúncio pedindo "beba Coca-Cola", um violão, um banjo, um carro amassado, um cavalo e uma égua, um boi no pasto, uma vaca leiteira, dez bezerrinhos, um pássaro escuro, uma andorinha só fazendo inverno em pleno verão, um abacateiro, um quintal, um pé de jaca, um outeiro, uma capela com cruz de madeira, um caminho de barro, uma reta de asfalto, um moinho de vento, uma plantação de laranja, um bar com vitrina de vidro cheia de coxinhas, empadas, asas de frango, uma agência de passagens, uma banca de jornal, um cão coçando a sarna, outro cão abanando o rabo, o rato roendo a corda, um gato no muro, um quadro de São Jorge, uma loja de artigos de umbanda, uma gangorra, uma vela pra deus outra pro diabo, um macaco magro, um bueiro, uma placa verde com sinalização, um trevo, um poste, uma propaganda de vereador dizendo "nele você pode confiar", um fazendeiro com chapéu branco, um sítio, uma bombacha, um caminhão carregando soja, um reprodutor importado, um jardim, um alpendre, um umbral, uma pracinha, um colégio, uma professora, um cemitério, um tocador de tuba, um engraxate fazendo ponto na esquina, um mascate, um emboaba, uma balança manual, um pescador com sua vara, um peixeiro, duas comadres, um rapaz do tiro-de-guerra, um universitário, um alfaiate, uma cerzideira, um oficial de justiça, um juiz de paz, um morro, uma pedra, um mataburro, uma joaninha, um gafanhoto, um barracão, um silo, um armazém, um rico e um remediado, um vendedor de livros, um espírito de porco, o próprio porco, um açougue, um varal, uma lápide, um trem e uma amizade.

E o ônibus correndo.

Por fim houve um momento em que o ônibus suspirou, diminuiu a marcha, dobrou à esquerda e à direita, e encarou a estação rodoviária. E apareceu no vídeo da janela do ônibus um amontoado de pessoas enroladas num saco de estopa, parecendo lixo.

Então se levantou um cara e disse: – Chegamos.

17/9/1976

Quando você abastecer o carro, exija o chorinho

Preocupa-me o futuro: aquele terrível dia em que os motores de nossos automóveis forem movidos a álcool puro.

O homem estaciona no posto, o frentista aproxima-se para reabastecer:

— Enche, doutor?

— Põe duas doses.

Aos domingos, a conversa muda um pouco:

— Vai aditivo, chefe?

— Limão, mas sem casca.

O motorista desconfiado:

— Ô rapaz, esse álcool não está muito amarelo?

— É que a Shell agora está usando maracujá. Vende mais.

O anúncio nas estradas:

"Abasteça-se nos postos da Petrobras: a única que garante a autêntica caipirinha para seu carro."

O viciado:

— Enche o caco!

— O caco?

— Perdão, o tanque.

Um carro em ziguezague na avenida, o policial faz sinal para parar:

— Qual é, rapaz? Está querendo se matar?

— Não sei o que está acontecendo. Mandei pôr quarenta cruzeiros de álcool, o diabo do carro está cruzando os pneus.

— Vai dizer que só bebeu quarenta cruzeiros?

— Palavra de honra.

— Vem com essa não. Vamos aplicar o bafômetro no carango.

O moço rico conversa na roda de amigos:

— Esse álcool nosso é o fim da picada. Minha máquina importada não se dá bem. Estava acostumada com gasolina azul.

— E qual o problema? Põe meio a meio: metade álcool e metade Chivas Regal.

A agência de publicidade quebrando a cabeça para vender mais álcool. Súbito, o barbudinho dá um berro genial:

— Pombas! Saquei o *brazilian look*!

— *Good!* Qual é a mulher que nós vamos despir para o anúncio?

— Nada. A transa é cerebral. Me dá mais cinco minutos de *brainstorm*.

— Tempo concedido. Mas vá depressa que nossos concorrentes já engataram a terceira.

— O negócio é isto. Minha proposição responde ao *check list*. Isto é que é.

— Calma, essa frase já tem dono.

— Que frase?

— Isto é que é.

— Não embaralha. Bota aí: "A Esso é a única que lhe oferece o melhor álcool, que contém B. S. W.".

— Rapaz, que *punch*! Avisa a rainha da Holanda que nós salvamos a companhia da ruína. Agora explica aqui pra gente: que besteira é essa de B. S. W.?

— Não espalha pras feras: é Blended Scotch Whisky.

Guerra é guerra. Alguém logo inventará um contra-ataque fulminante:

— Bote mais uma Cavalinho no seu carro. Diretamente dos canaviais de Piracicaba para as pistas de Interlagos.

O controle da radiopatrulha chama:

— Atenção viaturas 222 e 137. Verifiquem ocorrência de trânsito em cima do Minhocão.

Duas horas depois, já no local:

— Alô, controle.

— Fala, 222.

— Doze batidas consecutivas em cima do Minhocão.

— Doze colisões?

— Não, doze batidas mesmo, e uma única colisão. Vamos providenciar a dosagem alcoólica dos carros. E vamos levar também os motoristas, que encheram o tanque numa festa.

Aquele senhor respeitável encosta o carro na garagem e agora só anda a pé:

— Ativando a circulação sanguínea?

— Não é bem isso. O médico me proibiu fumo e álcool.

Até que finalmente terá de acontecer o seguinte na oficina mecânica:

— Asdrúbal, dá uma espiada no meu carro. O desgraçado não quer pegar na partida.

O mecânico vai, examina:

— Chi, rapaz, seu carro precisa de Sonrisal. Está com uma ressaca do diabo!

Uma coisa é certa. As viaturas policiais deslancharão com mais facilidade, dificilmente um bandido escapará. O álcool ajudará a conter os meliantes, e veremos nossos policiais no mesmo ritmo de ação dos filmes de televisão.

Basta que sempre que a ordem estiver em perigo, os policiais encostem no posto de abastecimento e digam, em nome da lei:

— Depressa, ponha no tanque uma cachaça São Francisco, urgente!

11/6/1976

Em defesa da dentadura do metrô

Alguém perdeu uma dentadura no metrô.

O fato não chega a ser propriamente inédito na história dos transportes coletivos (há casos em que o povo até perde a cabeça), mas na jurisdição do metrô esta é sem dúvida uma dentadura inaugural.

A magnífica peça foi por isso enviada com todas as honras para a estação São Judas, conferindo definitivamente ao santo o título de padroeiro também dos achados, ele que já era padroeiro dos perdidos.

Homenagem piedosa e justa!

Não obstante, a administração do metrô (certamente por falta de espaço) manda avisar que guarda a dentadura extraviada por apenas três meses. Findo o prazo, entrega a peça a uma instituição de caridade, para que faça dela o melhor uso – possivelmente distribuindo um dente a cada necessitado.

A idéia é filantrópica e simpática, mas sem imaginação.

Uma dentadura abandonada em lugar público – seja por um protético distraído, seja por um usuário impaciente com o desconforto da prótese em fase de amaciamento –, uma dentadura abandonada em local público, quero crer que passa a ser patrimônio da cidade.

Sempre ouvi dizer que esta cidade carece de dentaduras.

Proponho, pois, com a devida vênia aos poderes competentes, que a dentadura anônima, se não reclamada por quem de direito, seja recolhida ao acervo de um museu folclórico, aberto ao público nos domingos e nos feriados.

Há precedentes.

Segundo estatísticas oficiosas, e portanto mais ou menos dignas de crédito (como de resto as estatísticas oficiais), a mais valiosa dentadura completa encontrada nesta cidade – digo dentadura completa, com arcadas superior e inferior, exatamente como a do metrô – pertence hoje à Light, que a recebeu com o espólio da antiga City.

Consta que se a Fepasa tivesse acautelado seus interesses certamente possuiria hoje a maior coleção de dentaduras perdidas, herdadas da extinta São Paulo Railway.

A desídia levou-nos a este descalabro: não temos nenhuma dentadura tombada pelo Patrimônio Histórico. Não custa começar por essa do metrô.

Vantagens? Numerosas!

Uma dentadura exposta à visitação pública atrairia crianças e adultos, uns e outros em sérias dificuldades para cuidar de seus próprios dentes, em conseqüência dos astronômicos preços que os dentistas praticam hoje em seus gabinetes.

Tenho um amigo – aliás abonado – que pretendia passar algumas semanas na Jamaica tomando água de coco com a família. Antes de viajar resolveu providenciar uma revisão dentária nos garotos, coisa aí de quatro cáries de primeiro grau, e uma jaqueta na mulher. Vem o orçamento, quase cai de costas o turista afoito: teve de suspender a viagem, e ainda ficou a dever alguns trocados ao rei do boticão.

Ora, uma dentadura na vitrina resolveria traumas desse quilate. As pessoas sempre se sentiram vingadas e felizes vendo aquele solitário sorriso, um pouco irônico, um pouco amargo, que afinal de contas é o sorriso que usamos todos os dias.

O pai levando o filho pela mão:

– Está vendo, moleque? Se continuar mascando chiclé adoidado, vai acabar tendo de botar esse treco na boca pro resto da vida!

A mamãe para a filhinha banguela:

– Não liga não, flor. Nove entre dez estrelas do cinema nacional usam dentadura postiça nas pornochanchadas!

A professora para o aluno:

– Preste atenção, menino: esta é uma dentadura do chamado *homo sapiens*, carnívoro e civilizado, que escova os dentes três vezes ao dia. Observe a ausência de tártaro e de obturações. Isto é que se chama progresso da odontologia! A dentadura dispensa tratamento de canal e é escamoteável à noite. A dentadura postiça é aquilo que todo aluno vai ter quando crescer. Claro, se for um bom aluno na escola!

Sem exagero, a dentadura achada no metrô merece ser preservada no museu com o carinho e o cuidado que se dispensam aos documentos históricos. Ela marca a época em que noventa por cento dos escolares não sabem o que é assistência dentária; e marca também a época em que até os adultos mais corajosos temem ir ao dentista, por receio do motor e por pavor da conta.

Nem todos aprovarão a idéia, julgando-a preconceituosa.

Mas quem passou por essa dupla provação saberá dar o devido valor a essa magnífica descoberta nos corredores do metrô, e que os desavisados querem encarar como um simples objeto vulgar – quando na verdade é um tesouro que só os bocas-ricas podem usar.

4/2/1976

É proibido conversar com os assaltantes

— Seqüestro! — avisou o sujeito de voz macia, encostando o cano do revólver na cabeça do motorista do ônibus. O homem tirou o pé do acelerador, reduziu a marcha.

— Desculpe, sua passagem não é Rio–São Paulo?

— É, qual o problema?

— Faltam cinco horas para chegarmos ao destino. Não fizemos nem a parada pro lanche.

— Não tem lanche, não. Desvia!

— Pra Uganda?

— Deixa de gracinha. Desvia pro matinho.

— A toalete é lá no fundo do carro

— Não folga com a minha cara, rapaz. Estou dizendo que isto é um seqüestro.

— Poxa, pensei que seqüestro fosse só de avião.

— O que cai na rede é peixe. Vira à direita e toca em frente. Só pára quando eu mandar.

A cena rodoviária (interestadual) decorre normalmente. Os passageiros são convidados a levantar as mãos, mantendo-se em posição de relax, sem gracinhas.

— Agora, em ordem e sem atropelos, façam o obséquio de passar os relógios, os brincos, as pulseiras, as abotoaduras e as carteiras. Nosso companheiro vai fazer a coleta devidamente credenciado. O único que está autorizado a recolher valores é este cidadão.

O cidadão não perde tempo:

— A carteira, por gentileza.

— Não uso carteira.

— Então entregue o dinheiro a granel.

— Todo?

— Menos nota de um cruzeiro. De cinco pra cima, manda pra cá.

— Vou ficar duro.

— Guarde vintinho pra tomar um táxi quando chegar na rodoviária.

— Obrigado.

— O relógio, rápido.

— Moço, não podia abrir uma exceção?

— Nada de exceção. Seqüestro é seqüestro

— Peninha! É de estimação. Ganhei do meu noivo. Sabe, foi o único presente que ganhei do meu noivo.

— Falando sério?

— Verdade.

— Bom, esta vez passa. Pode ficar com a máquina. Mas vê se deixa a jóia em casa, que na próxima vez a gente não perdoa.

— Você é um anjo.

— Obrigado, senhorita. Por falar nisso, que horas são?

— Meia-noite e quinze.

— Estamos atrasados. Depressa, turma, senão perdemos o ônibus da uma hora.

— Moço, posso ir lá fora fazer pipi?

— Use o banheiro.

— Está ocupado. O passageiro da poltrona 20 está lá dentro faz vinte minutos. Acho que comeu uma empadinha lá no Rio.

— Manda chamar o cara.

— Toc, toc, toc!

— Tem gente.

— Saia em nome da lei. São os assaltantes!

— Mas nem aqui a gente tem sossego! Ô vida agitada!

— Tá se fazendo de espertinho, hem! Vamos logo.

— Pronto, pode entrar o próximo.

— O senhor aí, que está a fim de um pipi: é pipi mesmo?

— Era, agora já complicou um pouco.

— Tem dez minutos, com cinco de prorrogação.

— Afinal, isto é seqüestro ou a Taça Libertadores da América?

— Vai logo, rapaz, que o tempo está correndo e não vai haver desconto de cera.

— Cavalheiro.

— Pois não.

— Posso dar um aparte?

— Fale, mas rápido.

— O amigo aceita cheque?

— Só especial.

Lá no quarto banco, uma velhinha resolve invocar com o seqüestro:

— Biltre, venha cá, quero lhe dizer umas verdades.

— Está falando comigo?

— Com você mesmo.

— Não gosto de apelido.

— Não é apelido, não. Estou chamando pelo nome que você merece. Pra mim você não passa de um refinado biltre. Biltre e crápula, desrespeitador de damas, gaturamo e venal.

— Epa! A senhora está me ofendendo!

— Biltre e cafajeste! Por que não vai trabalhar?

— Não tenho tempo.

— Pois devia trabalhar. Arranjar um emprego honesto, uma ocupação digna e honrada, com carteira profissional e tudo o mais. Sabe que seqüestrar ônibus e assaltar passageiros é atividade ilegal? Sabe que se a polícia da Baixada Fluminense botar as unhas em cima de sua pele você não vai contar vantagem?

— Minha senhora, rogar praga não vale.

— Pois é o que vai lhe acontecer, seu ladrãozinho rodoviário. Tu vai te entortar na primeira curva sem acostamento. Você se estrepa, rapaz!

— Minha senhora, ninguém aqui está disposto a ouvir

desaforo. Isto é um assalto educado. Se a senhora começa a engrossar, a gente muda as regras do jogo.

— Que jogo que nada. Você aí um cabra forte, dobrado, cheio de saúde, explorando mulher. Homem que pega dinheiro de mulher sabe o que é?

— Minha senhora, cuidado com a língua.

— É isso mesmo que você está pensando: sem-vergonha, safado, rufião e vagabundo! Pra mim você é um lixo!

— Assim também já é demais. Desaforo tem hora!

E, pimba!, o sujeito deu uma coronhada na cabeça da pobre senhora, que sentou, agora quieta e aborrecida.

Mais tarde, narrando o seqüestro do ônibus a uma amiga, a mulher agredida desabafou:

— Sabe, até que os assaltantes não eram tão antipáticos. Só tinham um defeito: não gostavam de ouvir as verdades. Mas o mal é geral.

17/8/1976

Uma arapuca no tribunal

O prédio do Tribunal de Contas do Estado fica logo ali em frente e tem coisa de dezoito andares. No último andar parece que funciona o restaurante, mas nunca tivemos tempo de ir confirmar. Atrás do reflexo dos vidros é possível ver uma figura de branco muito atarefada, mas isso não explica grande coisa: tanto pode ser um garçom servindo o prato do dia como um servente em mangas de camisa carregando velhos processos para o arquivo.

A única diferença é que o garçom caminha mais depressa porque ganha gorjeta.

O que importa é que o prédio tem um último andar. No parapeito desse andar descobrimos outro dia de manhã uma arapuca. Falando assim — uma arapuca — as pessoas nem se arrepiam mais porque está assim de arapucas nos prédios da cidade. A gente diz arapuca e o cidadão logo pensa numa sala ou numa empresa ou numa sociedade ou num antro onde alguém vai puxar o tapete da gente.

Não é nada disso.

A arapuca ali em frente é feita de madeira fina e arame grosso e se presta — segundo tudo indica — a pegar pombinhas. Lá em cima do prédio há muita pombinha. Dá para ouvir o arrulho delas. Foi um pouco a descoberta da arapuca para pegar pombinha que levou a imaginar que no local funcione o restaurante. Possivelmente no cardápio, uma ou duas vezes por semana, figurem pombinhas assadas ou ensopadas. Sai barato uma pombinha assim — o que se gasta mais é milho e paciência para armar a arapuca e ficar de olho quando a portinhola se fecha de repente.

Pombinha à tribunal – eis um nome sugestivo que um bom cozinheiro aproveitaria tranqüilamente para criar fama e desenvolver uma receita fora dos cânones fastidiosos da rotina. O pessoal das repartições anda por aqui de rabada com polenta, dobradinha, carne assada com purê.

Pior: o pessoal das repartições anda por aqui de marmita.

Mas talvez a arapuca não pertença exatamente à copa e à cozinha.

Ficamos observando cuidadosamente e passamos a desconfiar que a arapuca seja obra de algum escriturário cujo orçamento não lhe permita comprar carne no açougue. Há casos assim. Ou então um escriturário que goste de pombinhas.

Que faz o escriturário? Sai cedinho de casa com o pacotinho de farelo e quirera e, antes do expediente, espalha a isca e arma o alçapão. Enquanto informa o primeiro processo, já uma pomba entrou bem. O escriturário levanta-se, recolhe a infeliz, coloca-a numa caixa de madeira.

E torna a montar a armadilha.

Processo vai, processo vem, outra pombinha se machuca.

Reinicia-se a operação.

No fim do dia, é fácil conferir: tantos processos informados, tantas pombinhas capturadas.

Leva serviço para casa: destronca os frágeis pescocinhos, ferve, depena, abre, limpa, deixa preparado para o dia seguinte com um pouco de pimenta, limão, salsinha.

As pombas não reclamam porque as pombas não têm dono. Fazem parte do patrimônio da cidade, mas a cidade pouco liga para seu patrimônio. E depois, o escriturário – supondo-se que seja o escriturário – está apenas cuidando de seu estômago e tratando de alimentar a família. Não pega mais pombas do que pode comer, nem as revende. É apenas um ato de sobrevivência, praticado com imaginação.

Outro dia o escriturário estava saindo de casa, a mulher o chama:

– Peixotinho, posso te pedir um favor?

– Fala, meu bem.

– Sabe, depois de amanhã papai faz anos.

– Puxa, nem me lembrava.

– Estou com vontade de dar um jantar.

– Boa idéia.

– Então dá pra você trazer umas pombas extras?

– Vou ver o que posso fazer. Tem chovido muito, isso atrapalha um pouco.

– Faça uma forcinha, meu amor. Papai merece.

O genro passou toda a manhã informando processos.

Oito bem gordos e sete mais magrinhos.

22/1/1976

É bom começar pela carceragem

General:

Estou escrevendo estas linhas com nojo. Não propriamente nojo dos fatos, mas nojo de mim – que tenho me detido e debruçado sobre as inevitáveis bobagens que acontecem por aí, e procuro desviar os olhos da grande imundície e do imenso horror que estão ameaçando tomar conta de nossas vidas.

Quando foi impossível silenciar que as prisões já não eram só prisões, eu balbuciei alguma coisa – mas falei tão baixo que meus próprios ouvidos não escutaram.

Sempre se ouve dizer de injustiças. Não apenas neste país, mas em todos os outros países. Mas a injustiça por ouvir dizer é como o gato que mia no terreno do vizinho: chateia um pouco, até revolta, mas não chega a tirar completamente o sono.

Fechei os olhos e dormi.

Quando insinuavam que alguma coisa não ia bem, eu procurava prestar atenção nos anúncios coloridos que mostram belas mulheres de coxas torneadas e homens morenos esquiando.

Algumas vezes, para esquecer a realidade que emergia, eu fingia que era um contestador e ia ao teatro ouvir palavrões e me divertir com a revolta das bonecas.

Saía aliviado e ia jantar.

Outras vezes ia ao cinema, ver os tais filmes de mensagem.

Era preciso fundir a cuca de alguma maneira, para aliviar a tensão. Cheguei a fazer quatro ou cinco manifestos em salas escuras, chupando balas de hortelã.

À noite enchia a cara de uísque e chope.

Dava um pouco de dor de cabeça, mas compensava.

Quando ouvi falar dum homem que perdeu a perna metralhado, e quando ouvi falar de alguns colegas que não conseguiam mais emprego de nenhuma espécie – já não digo um emprego digno –, tratei imediatamente de me interessar por música e de ler livros que contavam problemas piores do que esses.

É uma bela forma de escapar. Afinal, que diabo, a gente não pode se deixar vencer pelo pessimismo.

Todos os dias repetia para mim mesmo: este país é grande, belo, luminoso e magnífico.

De tanto pensar concluí que não consigo trocar este país por nenhum outro. Estou viciado neste país; gosto de sua alma, de sua gente, de seu sol, de sua língua, de suas estrelas, e de suas incertezas. Sei que, quando morrer, minha carne se transformará em pequenos grãos de terra, e eu serei um pouco de seu solo.

Tenho filhos. Não apenas um filho, muitos filhos. Quando eles me perguntam qual o mais apaixonante, o mais meigo, o mais acolhedor país do mundo, digo: É este!

Talvez não seja. Mas digo – É este! – porque não quero que seja outro.

Acho que este país não é melhor porque não estamos sabendo fazê-lo melhor. Nem por isso se deve entregar este país a ninguém, a não ser a nós mesmos. Algumas pessoas pensam o contrário e querem vendê-lo, ou emprestá-lo, ou arrendá-lo, desvalorizado, transformado num monturo. Fazem tudo para transformá-lo num monturo. Essas pessoas têm a vocação do abutre e asas de mosca. De fato, a esperança e a fé dessas pessoas são curtas como a vida de uma mosca. Elas zumbem, carregando em suas patas fragmentos de fezes, que depositam onde pousam, numa teimosa obsessão. Para essas pessoas de vôo curto o homem – qualquer homem que pensa diferente delas – não tem sequer o direito de pensar, mas apenas o direito de obedecer.

Um outro tipo de pessoa entende que toda e qualquer milonga se encerra com a conquista do poder. O poder é tudo, e nada existe mais soberano do que o poder.

Em nome do poder elas atingem os limites do abuso, e o ultrapassam, alcançando a prepotência com total insensibilidade e cadastrando suas vítimas como bichos feios, asquerosos, nocivos e inúteis numa sociedade onde o preço da paz é o eterno receio de ver quem está batendo lá na porta a esta hora da madrugada.

Entre este e aquele grupo, há uma criatura solitária – o chamado homem perplexo – que não abdica do direito de ser tratado como gente.

É o homem perplexo que se vê colocado no beco sem saída e sem explicações, não tendo sequer a quem reclamar. Suas dúvidas são tantas que ele não sabe se quem manda é a autoridade maior, ou se quem desmanda é a autoridade menor.

Esse homem perplexo está cercado de sombras. As sombras operam com a boa intenção impiedosa da criança que arranca as pernas da barata porque a barata é um inseto subalterno que não berra.

Mas nenhuma barata é tão muda que não mereça, no fundo de sua dor silenciosa, um mínimo de compaixão e de respeito.

A crueldade é uma ruína. Uma longa doença contagiosa – que nada tem a ver com a defesa da justiça, da segurança, da ordem e da tranqüilidade.

É com a crueldade que o homem perplexo não concorda.

A crueldade não infama governos simplesmente.

A crueldade derruba civilizações.

Há um horrível fedor de crueldade escapando de alguns porões.

General: é bom o senhor começar a faxina pela carceragem.

21/1/1976

Os tempos não estão para trombone

Tenho um amigo que certo dia disse:

— O que falta nesta cidade são bandas. Nós precisamos urgentemente de uma banda. Uma banda pode mudar o bairro, torná-lo mais alegre, mais fraterno.

Eu disse:

— Tá bom, agora passa o uísque.

Ele continuou:

— Você se lembra da banda do seu Felício? Se lembra daquela banda? Pois aquilo é que eram tempos de gente. Seu Felício ensaiava todas as quintas-feiras à noite, no grande salão da avenida. Bastou seu Felício morrer, a banda pifou. Isso é certo?

Eu respondi:

— Não, não é certo. Isso é uma cachorrada.

O amigo se entusiasmou:

— Precisamos formar uma banda. Tem alguma idéia?

Eu disse:

— Não, não tenho nenhuma idéia.

O amigo não deixou cair a peteca:

— Pois eu tenho. Vamos começar a banda pelos músicos. Conhece alguém que toca em banda?

Respondi:

— Só de vista. Uma vez, tempos atrás, falei com dois ou três integrantes da banda de Pereira Barreto, mas foi um papo muito rápido, entre um dobrado e outro.

O amigo arregalou os dois olhos.

— É disso que precisamos! Uma banda que toque dobrados! Aos domingos, bem cedo, a banda percorrerá todas as ruas do bairro, mandando brasa. Despertaremos a população, todos serão chamados a participar do desfile, será um domingo de festa.

Eu concordei:

– Claro.

O amigo:

– Então por que não pomos mãos à obra?

Obtemperei:

– É preciso ir com calma. Em primeiro lugar, não temos instrumentos. Sem instrumentos, não há banda.

Ele:

– Pois façam-se os instrumentos!

Eu:

– Em segundo lugar, é preciso que haja um maestro, um ensaiador, um coordenador, um arranjador. Sem isso, cada um acabará tocando uma partitura diferente, só vai dar confusão. Uma banda com seis pratos, um flautim, sete trombones de vara, quinze pistões, oito surdos, não me surpreenderia se aparecesse algum metido querendo enfiar no meio da banda o arco de um violino. É preciso dar uma linha de equilíbrio à banda.

Ele:

– E qual o problema?

Eu:

– Bem, o problema é que ninguém sabe que pito toca esse pessoal. Cada dia a gente escuta um som diferente. E outros não tocam nada. Dias atrás soube de dois músicos que resolveram botar a boca no trombone.

Ele:

– Ótimo!

Eu:

– Ótimo coisa nenhuma. Imediatamente veio uma ordem da administração mandando confiscar tudo.

Ele, piscando os olhos:

– Os trombones?

Eu:

— Os trombones e as bocas.

O amigo:

— Mas o que é que os rapazes estavam tocando?

Eu:

— Dizem que era o "André de sapato novo".

Ele:

— Ah, musiquinha provocadora!

Eu:

— De fato, é um choro.

O amigo pensativo:

— Olha, é melhor deixar a banda pruma outra ocasião. Ou então vamos pensar em banda sem trombone.

Eu:

— E por que não sem boca?

O amigo, duvidando:

— Mas é possível?

— Claro, a gente exclui todo instrumento de fôlego e faz uma banda só com instrumentos de percussão.

13/1/1976

Em nome do progresso e das galinhas

Fui convidado para assistir à inauguração solene do primeiro semáforo da cidade de Mamangaba. Será num sábado de agosto. O programa é extenso. Inicia-se com clarinada às cinco da matina, seguida de desfile de bandas e fanfarras. Para as crianças haverá brincadeiras na praça: pau-de-sebo, pega do porco, argolas, corrida de saco. Ao meio-dia, no salão da extinta filarmônica, será oferecido um rabo-de-galo às autoridades e pessoas gradas. Imediatamente após, almoço de confraternização, com término previsto para as catorze horas. Imagino o cardápio que será servido por algum bufê contratado especialmente na sede da comarca: maionese, lagosta, ou posta de peixe, medalhões de carne, farofa com passas, sorvete da Kibon.

Tenho razoável prática desses cometimentos cívicos.

Se o prefeito tivesse lembrado de me avisar com maior antecedência, não me recusaria a sugerir leitoa pururuca, arroz branquinho e solto, torta mole de batata com palmito amargo, cerveja gelada, pinga direta do engenho, salada de fruta e creme de baunilha. Garanto que ninguém reclamaria. Mas a gente não vai lá para comer, vai para inaugurar; se bem que ficar em pé no palanque, tomar sol na cabeça, andar pra cima e pra baixo, dá fome. Chega uma hora em que a gente não vê o momento de se sentar à mesa.

A inauguração será aí pelas três horas. Não posso entender onde vai ficar o semáforo inaugural, ou melhor, só posso imaginar que o semáforo ficará na rua principal de Mamangaba. Acontece que Mamangaba não tem rua principal. Lá todas as ruas são importantes, embora estreitas, desbeiçadas e acanhadas. Ainda não há asfalto. O trânsito flui sem atropelo, mesmo nos dias de festa. Guarda de trânsito existe um, que fica deitado na rede depois que passa o caminhão que joga água limpando as calçadas. O caminhão-pipa é o único veículo que dá algum trabalho ao guarda de trânsito, mesmo assim em termos. O guarda conhece o motorista que trabalha para a prefeitura, e ambos se dão muito bem. Não há infrações. O bloco de multas, as traças roeram; está todo furadinho, como renda que as mulheres estendem na mesa na hora da merenda.

Certo que, num dia aziago, ocorreu grave acidente: a camioneta que abastece o hotel e a quitanda de verduras atropelou uma galinha caipira. Matou na hora. A galinha era daquela senhora que faz doces caseiros ali na esquina. A mulher saiu à rua com as duas mãos na cabeça, chorando. Não falou nada, apenas chorou, e recolheu a galinha ainda quente. Perdia sangue a pobrezinha. Não foi possível fazer ao molho pardo, fez-se assada mesmo. A galinha.

O guarda de trânsito pulou da rede, saiu na disparada ajeitando o cinturão de couro marrom, certo de que finalmente chegara o instante em que sua autoridade ia ser posta em prática para valer. Eu não vi, me contaram que o miliciano chegou levantando poeira com seus coturnos. Estes batiam no calçamento sua sola dura, troc-coc, troc-coc. Vermelho, lépido, sacou do bolso uma folha de rascunho de ocorrência. Mas nem foi preciso se dar ao trabalho. A doceira já estava amparada pelo dono da camioneta, fizeram acordo ali, sem delongas: o homem dava uma galinha choca e um galo, e durante dois meses forneceu, no peito, morango e uvas. Tá bom assim?

A dona da galinha atropelada limpou os olhos, fungou, disse:

— Era de estimação, mas sei que não foi por mal, outra vez faça o favor de não correr tanto e prestar mais atenção. Por mim tá bom.

O caso foi muito comentado na padaria, no bar, no salão onde à noite funciona o aparelho de televisão. As vizinhas fizeram visita de condolências.

Mamangaba é assim, o pessoal é muito unido. As pessoas de fora chegam, riem, acham tudo muito simples e sem graça. Os habitantes da cidade têm a impressão de que são vistos como gente muito atrasada. Deve ter nascido dessa cisma boba a idéia de instalar o semáforo na cidade.

Faz um tempão que não apareço em Mamangaba, até estranhei o convite para a solenidade de inauguração. Não sei se vou. O prefeito de lá gosta de fazer discurso comprido, é enjoado. Os vereadores são amáveis, uma vez quiseram me dar o título de Cidadão Mamangabense. Se não comparecer, podem ficar zangados ou mesmo cortar relações. Em princípio sou contra o semáforo. Não me sinto seguro protegido por esse diabólico aparelho que pisca-pisca em nome do progresso. Também estou com muito dó do guarda de trânsito. Estou certo de que a paz dele acabou. E a das galinhas, também.

3/8/1976

Mãe: suspensas as encomendas

Quando se aproxima o Dia das Mães recebo muitas encomendas. As pessoas certamente imaginam que eu seja especialista em mãe, e me pedem mensagens. Sinto desapontá-las, pois realmente ando destreinado. Perdi a minha faz muito tempo — mas não vamos conversar sobre isso. Ocorre que, talvez por inadvertência ou ingenuidade, várias criaturas de bom coração entendem de me solicitar — nem sempre com razoável antecedência — duas ou três páginas louvando essa figura admirável que está no princípio e no fim da humanidade.

Sou tímido. Não sei se já lhes falei, mas sou tímido. Receio dizer não — o que poderia magoar as pessoas que gostam de elogiar as mães. Então acabo aceitando as encomendas, e geralmente faço serviço de graça porque me parece desumano cobrar trabalho para a mãe dos outros.

Esta atitude minha — que no íntimo considero uma fraqueza de caráter — me tem trazido pesada carga de novas preocupações e, às vezes, tem provocado confusões. Nos últimos dias, então, registra-se verdadeira correria e sou obrigado a trabalhar até alta madrugada. É que as encomendas para as mães, como os bolos de aniversário, precisam ser entregues antes da festa e não podem passar do prazo.

Não é como serviço de alfaiate ou encanador, que se promete para amanhã e se entrega no mês seguinte.

Outra coisa: um terno é um terno, obedece a determinado feitio e corte. Basta seguir o figurino e mandar as peças para a calceira arrematar. Já mensagem de mãe tem de ser individual: cada uma tem seu gosto pessoal, não há essa facilidade de copiar modelo.

Isso cansa um pouco. Tanto mais que procuro caprichar e, me lembro, jamais faltei ao respeito com qualquer mãe, chamando-a de progenitora. Pra mim, ou é mãe ou não é nada.

Acho que é esse respeito filial que me tem atraído clientes às pencas.

Engraçado é que acabo levando a fama que não mereço. Outro dia, andando pela avenida São Luís, fui parado por um senhor muito distinto que, após apresentar-se como ministro aposentado do Tribunal de Alçada, perguntou se era eu quem havia bolado aquele anúncio da mãe surda, que passa na televisão.

Ora, todo mundo sabe que eu não faço anúncios.

Mesmo assim, para ser agradável, dei corda:

– Qual anúncio?

– Aquele em que a mãe está num canto da sala, isolada, e aí entra o filho, ou o marido, não sei direito, e lhe aplica um aparelho de surdez no ouvido. O senhor viu?

– Não vi, mas me parece interessante. O que acontece depois?

– É maravilhoso! A mulher sorri, percebe-se que ela começa a ouvir tudo, sobe o som da música, a gente se emociona muito.

– Puxa, que idéia bem bolada! Mas, querendo, a mãe pode desligar o aparelhinho?

– Isso o anúncio não diz.

Pois devia dizer, para deixar os filhos mais tranqüilos. Imagino o sofrimento atroz dessa mãe condenada daqui para frente a ouvir todos os disparates que se dizem naquela caixa eletrônica, e a suportar o aumento de volume do som dos anúncios – certamente motivado pela falsa idéia de que todos os telespectadores são surdos.

De minha parte confesso que tomo extremo cuidado ao

manufaturar as mensagens para as mães. Procuro me enfronhar antes nos dados pessoais: cor dos cabelos, sinais característicos, altura, idade, temperamento e preferências. Logo se vê que sou a favor de mensagens personalizadas. Dependendo da destinatária, se for mãe contestadora, não me pejo de optar por manifestos reivindicatórios.

Aprendi por experiência própria que a maioria das senhoras está farta de ouvir dizer que ser mãe é padecer no paraíso. Isso é considerado careta, e já recebi de volta várias respostas à altura.

Claro que nenhuma mãe repele ou aborrece palavras de ternura e carinho, mas tudo tem de ser dosado, como em balança de botica. Um grama a mais e envenena-se a mensagem.

Há também, sem dúvida, gostos exóticos: um filho pediu que escrevesse quinze linhas para a mãe dele, sem deixar de mencionar o eficiente trabalho de arregimentação que ela vem desenvolvendo para a implantação do aborto livre.

— Quando começou isso? — perguntei com fins exclusivamente profissionais.

— Logo depois que nasci.

— Você teve sorte, rapaz.

Outra mensagem que me deu infinito trabalho destinava-se a um rapagão alto e forte, de bigodes, que se julgava possuído do mais genuíno espírito maternal. Era contra qualquer tipo de discriminação contra as minorias sentimentais, dizia ele.

É duro, leitores. Acreditem, é muito duro este ofício.

Às vezes tenho vontade de largar tudo e só fazer mensagens para as mães de verdade.

8/5/1976

Sobre o autor e o organizador

LOURENÇO DIAFÉRIA nasceu em 1933, no bairro paulistano do Brás. Seu primeiro emprego foi como office-boy em um cartório. Estudou Jornalismo por dois anos, mas não chegou a concluir o curso – o que não foi empecilho para a carreira em jornais e em emissoras de rádio e televisão. Ingressou como redator na *Folha de S.Paulo* (antiga *Folha da Manhã*) em 1955. Durante dez anos corrigiu originais de reportagens e redigiu notícias, porém sem assinar nenhum texto. Em 1964, graças a um acaso, foi convidado a substituir um colunista e escrever uma crônica. A partir de então, tornou-se titular da coluna durante mais de dez anos ininterruptamente.

Seu primeiro livro, *Um gato na terra do tamborim*, foi publicado em 1976 pela extinta editora Símbolo. Também são de sua autoria: *Berra, coração* (1977), *Circo dos cavalões* (1978), *O empinador de estrela* (1980), *A morte sem colete* (1983), *A longa busca da comodidade* (1988), *O invisível cavalo voador* (1990), *Coração corinthiano* (1992), *Papéis íntimos de um ex-boy assumido* (1994), *A caminhada da esperança* (1996), *O imitador de gato* (2000) e *Brás: sotaques e desmemórias* (2002), publicado pela Boitempo e adaptado para o cinema por Marta Nehring.

RONIWALTER JATOBÁ, contista, romancista e cronista, nasceu em Campanário, Minas Gerais, em 1949. É formado em Jornalismo e colaborou com vários jornais e revistas. De sua obra destacamos: *Sabor de química* (1976), *Crônicas da vida operária* (1978), *Viagem à montanha azul* (1982, publicado em inglês em 1983), *Juazeiro: guerra no sertão* (1996), *A crise do regime militar* (1997), *O pavão misterioso e outras memórias* (1999), *O jovem Che Guevara* (2004), *Paragens* (2004, pela Boitempo) e *Rios sedentos* (2006). Também tem contos publicados na Alemanha, na Suécia e na Itália.

Este livro foi composto em Apollo, corpo
11/14, com títulos em Agency, e impresso
em papel pólen soft 80 g/m² na Ferrari
Editora e Artes Gráficas, em janeiro de
2008, com tiragem de 1.500 exemplares.